AF457180

La Gazette de France.

LA

DETTE DE FAMILLE

PROLOGUE.

I.

Dans un des quartiers les plus élégans de la jolie ville de Dieppe, on remarque encore aujourd'hui, une charmante maison construite en pierre et brique, avec balcon au premier étage et flanquée à chacun des angles de face de deux délicieuses tourelles portant le cachet de l'art splendide du seizième siècle.

A l'époque où commence notre histoire, cette maison était habitée par un des négocians les plus estimés et les plus riches de la ville.

M. Jacques Fremont, tel était son nom, appartenait à une des familles considérables du pays. Commerçant intègre et exact, d'un caractère plein de générosité, il possédait à un degré éminent cette sorte de distinction particulière aux hommes habitués aux grandes affaires et dont la valeur morale est encore réhaussée par les plus irréprochables traditions domestiques.

Appelé jeune encore par la mort prématurée de son père à la direction de l'importante maison de commerce que son aïeul avait fondée et qui se trouvait alors en pleine prospérité, il avait d'abord suivi avec un rare bonheur les opérations commencées par ses devanciers, et tout faisait présager que cette *grande maison Fremont*, comme on disait à Dieppe, ne ferait que s'accroître dans ses habiles et heureuses mains.

Mais tel n'est pas le cours ordinaire des choses, tout est sujet à la même loi ; après la période ascendante, période de jeunesse, commence la période descendante, période de vieillesse, et si l'on porte attentivement les yeux autour de soi, on demeure bientôt convaincu que cette loi est générale et qu'elle atteint les familles comme les individus.

Celle des Fremont n'en fut point exempte, et à la troisième génération, après s'être constamment élevée, elle commença à décliner.

Les premiers coups que la fortune porta à Jacques Fremont n'atteignirent point le commerçant, ils furent plus cruels, ils portèrent droit au cœur du père de famille.

Marié depuis quelques années, il avait deux garçons, il les perdit tous deux à un court intervalle.

Après cette double perte, il en éprouva une autre n moins douloureuse, sa femme mourut en lui donnant u fille.

Cette fille, sur laquelle il avait porté toute la tendre d'un cœur profond, il eut le bonheur de la conserv mais bientôt des chagrins d'un autre ordre vinrent prouver qu'il n'avait pas suffisamment satisfait à l'adv sité. Toutes ses entreprises commerciales échouèrent; faillites nombreuses dont il fut victime firent d'énorn vides dans sa caisse. D'abord il tint tête à l'orage a intrépidité, mais quand un jour il lui fallut faire ressou en hypothéquant pour des sommes importantes son p trimoine de famille, sa grande et belle terre presque s gneuriale d'Héricourt, il commença à fléchir, il se pri désirer un bras fort et fidèle pour s'appuyer, et il ser qu'il n'est pas bon que l'homme soit seul dans le m heur.

Entraîné par le courant toujours renouvelé des affai il n'avait jusque là fait attention au personnel assez no breux de ses commis que pour s'assurer de leur capac relative, de leur tenue extérieure sans s'enquérir dav tage de ce qui pouvait se rencontrer en eux de bon et mauvais; mais quand il se sentit pris de défaillance présence d'une catastrophe qui devenait chaque jour p menaçante, sa bienveillance naturelle devint peu à p plus familière, et la distance qui existait tout nature ment entre lui et ses principaux employés se rapproc

Il en résulta pour lui une plus grande facilité à étud non plus le commis, mais l'homme ; et ce procédé s calcul lui fit découvrir que parmi ceux qu'il occupai s'en rencontrait un dans lequel il pourrait trouver n seulement un dévouement presque fanatique, mais enc une intelligence d'une incontestable valeur. Maurice, était son nom, était entré dans sa maison à l'âge de vin cinq ans, deux ans après être sorti du collège; il en av vingt-huit quand son patron, épuisé par la lutte, rés de l'appeler à son aide, d'accorder à son dévouement l' estimable prix de son amitié, et à son intelligence le vilége de lui demander conseil.

Quand Jacques Fremont prit cette détermination seul enfant qui lui restât, sa fille, qui, comme sa m ortait le nom de Jeanne, était âgée de quinze ans. Placée dans un des meilleurs pensionnats de Rouen, elle devait prochainement en sortir pour rentrer à la maison paternelle; depuis plusieurs mois elle y serait même déjà revenue, à sa grande joie et à celle de son père, si ce dernier, épouvanté du désastre dont il était menacé, n'avait craint, en rappelant près de lui cette enfant qu'il chérissait, de l'en rendre témoin.

Enfin, l'époque des vacances, époque de délivrance définitive pour Jeanne, approchant, Jacques Fremont, dont commençait à soupçonner les embarras et qui le savait, prit la résolution de tout confier à Maurice.

Cet honnête négociant n'était point sans courage moral, il s'en fallait de beaucoup; mais, frappé dans ses affections les plus vives, menacé dans son honneur commercial, cet héritage de famille dont il était si justement fier et dont il ne s'était jamais fait un facile argument pour accabler les autres aux jours de sa prospérité, il sentit comme un besoin du cœur surtout la nécessité de se créer un allié. Il lui semblait avec raison qu'en le prenant dans sa maison même, c'était presque le choisir dans sa famille.

Un soir donc il fit appeler Maurice, non dans son cabinet, cette pièce ne lui parut pas assez intime, mais dans sa chambre à coucher. Maurice y entrait pour la première fois.

— Asseyez-vous, Maurice, dit M. Jacques Fremont à son commis; j'ai à vous faire une confidence et à vous demander un conseil; soyez franc avec moi comme je serai confiant envers vous.

Maurice s'inclina en répondant à son patron, dont la voix tremblait légèrement, par un regard qui semblait dire : Je vous appartiens tout entier.

M. Fremont commença :

— C'est moi-même qui tiens la caisse depuis trois ans que le bonhomme Dupré est mort; ainsi encore, bien que, par leur nature même, les pertes que j'ai subies, depuis cette époque surtout, n'aient pu vous échapper, nul que moi cependant ne sait jusqu'à quel point ma maison est minée. Les choses en sont là, Maurice, que je ne puis plus lutter seul; je passe des nuits sans sommeil, mon sang s'échauffe, je sens que je perds une force chaque jour; l'acier le mieux trempé se détend à la longue; d'ailleurs, la mort de ma femme, celle de mes deux premiers enfans m'ont remué si douloureusement, que les autres coups de la fortune m'ont trouvé moins fort pour les recevoir avec virilité.

Maurice était un de ces hommes auxquels les larmes montent facilement du cœur aux yeux. Ce fut donc avec une émotion profonde qu'il répondit :

— Avant que vous m'eussiez fait le plus insigne honneur que je recevrai jamais de ma vie, c'est à dire avant de vous ouvrir à moi sur les circonstances graves où se trouve *la maison*, et dans les termes où vous l'avez fait, j'avais pour vous une vénération et un respect qui étaient presque un culte; maintenant que vous voulez bien me traiter comme si j'étais votre propre fils, disposez de ma personne comme vous l'entendrez, je vous appartiens âme et corps; je ferai tout ce qu'un homme peut faire pour sauver *l'honneur de la maison*, et je me trouverai trop payé par la confiance même que vous avez eue en moi, par le choix que vous avez fait de moi au lieu d'un autre.

M. Fremont, profondément touché non seulement de ces paroles, mais encore du ton pénétré avec lequel elles avaient été prononcées lui répondit :

— J'étais bien sûr que je ne m'étais pas trompé : si ma confiance vous honore, mon ami, et je le crois, ajouta-t-il avec la juste fierté d'un honnête homme, soyez convaincu que votre dévouement ne m'honore pas moins. Maurice, de ce jour vous n'êtes plus le commis de la maison Jacques Fremont, vous êtes l'ami de M. Fremont; venez demain soir ici à la même heure, je vous y attendrai et vous ferai connaître avec détails ma véritable situation; hélas! mon pauvre Maurice, le mal est grand, si grand même, que si je n'avais un enfant, une fille, ma chère petite Jeanne, je.....

M. Fremont s'arrêta court au milieu de cette phrase, tout étonné de l'avoir commencée; mais Maurice, qui avait suivi le jeu de sa physionomie en avait parfaitement saisi le sens complet, car, à l'éclair sinistre qui avait rapidement illuminé le regard de son patron, il n'y avait pas eu moyen de se méprendre. Enhardi donc par la confiance qu'il venait de lui témoigner, et pensant avec raison qu'il fallait le plus promptement possible entrer en tous points et sans hésitation dans le rôle nouveau qu'il lui avait lui-même choisi, il lui prit la main avec une respectueuse affection, et lui dit :

— Oh! non! jamais, jamais un déshonneur volontaire!

M. Fremont tressaillit d'avoir été compris...

— Vous avez raison, Maurice, dit-il, jamais, jamais un déshonneur volontaire sur le nom que mes pères m'ont laissé sans tache; jamais, quand même la mort m'enlèverait encore ma bien-aimée petite Jeanne!...

— Elle ne l'enlèvera pas, reprit le commis avec une émotion telle qu'à son tour M. Fremont comprit tout ce que ces quelques mots contenaient et n'exprimaient pas, et un sourire d'une ineffable bienveillance s'épanouit sur ses lèvres.

Maurice, terrifié de la chaleur du mouvement qui lui était échappé, rougit considérablement, ce qui devenait de plus en plus clair pour son patron. Pour le tirer d'embarras, M. Fremont le congédia en lui disant :

— A demain, à la même heure, Maurice.

— Oui, monsieur, répondit ce dernier tout confus.

Et saluant gauchement, il s'éloigna.

Le lendemain, le patron et le commis passèrent cinq heures ensemble, et il fut reconnu que la maison pouvait encore faire face à ses échéances pendant trois mois, mais qu'après ce délai il lui fallait une somme de près de trois cent mille francs pour rester maîtresse de sa liquidation, car il n'y avait pas d'illusion possible, et la liquidation se trouvait comme une nécessité au bout de toutes les hypothèses.

On était au mois de juillet, on pouvait marcher sans encombre jusqu'à la fin de septembre; mais, après cette dernière échéance, il fallait, à moins d'un miracle, confesser son impuissance. Les emprunts hypothécaires faits avec le plus de mystère possible avaient été ébruités depuis quelques semaines; M. Fremont le savait et en avait fait part à Maurice, qui l'ignorait. L'ancien respect traditionnel pour la vieille maison Fremont tenait encore arrêtées bien des langues; mais l'esprit de la petite ville, esprit méchant et jaloux, ne perd jamais ses droits, et il était à craindre que, dans quelques semaines, quand on apprendrait que M. Jacques Fremont avait grevé d'hypothèques jusqu'à sa maison paternelle, *sa jolie maison à tourelles entre cour et jardin*, on se hâterait de tirer de cette découverte les conséquences les plus extrêmes, et qu'une fois le mot de faillite jeté dans le public par les niais oisifs et les ennemis secrets, la catastrophe redoutée ne devienne imminente.

Après avoir sondé plusieurs fois la plaie, Maurice se leva soudainement et dit à M. Fremont : « Il n'y a pas une minute à perdre, mettez un commis à ma place, je pars demain, faites de votre côté tout ce qu'il vous sera possible, je vais en faire autant du mien; ne m'interrogez pas, ne me demandez rien, je reviendrai à temps; Dieu veuille que ce soit les mains pleines et que je puisse sauver *l'honneur de la maison*. En disant ces mots, il se leva, M. Fremont lui prit les mains avec effusion, et ils se quittèrent en essuyant chacun une larme.

II.

Un mois s'était écoulé depuis le départ de Maurice, et M. Fremont n'en avait reçu aucune nouvelle. Il ne lui vint pas cependant une seule fois à la pensée que ce jeune homme, dont il avait fait son ami et son confident, eût, après quelques vaines tentatives, renoncé à rester son associé dans la lutte qu'il soutenait pour éviter l'abîme. Non, M. Fremont, avec un rare esprit d'observation, avait non seulement compris la nature loyale et dévouée de son commis, mais encore tout ce qu'il y avait de persévérance dans cette loyauté et ce dévouement; il savait qu'il resterait fidèle à sa mauvaise fortune. Quoiqu'il ne pût former aucune espèce de conjecture sur le genre de ressources dont pouvait disposer Maurice, et que, dans une crise moins sérieuse, moins pressante, il eût rejeté bien loin de lui l'idée que, malgré sa bonne volonté, il pût quelque chose d'efficace, non pour l'aider, mais pour le sauver, précisément parce qu'il se voyait placé dans une voie sans issue, et qu'en tournant les yeux de tous côtés il n'apercevait pas la moindre planche de salut, à cause de cela même, semblable au malheureux qui se noie et se cramponne à l'objet le plus fragile, il avait concentré toutes ses espérances sur lui.

Celui-ci n'avait pas perdu un instant; après avoir quitté M. Fremont, il s'était dirigé en toute hâte à Héricourt, où il possédait, depuis la mort de ses parens, une petite propriété patrimoniale d'un revenu de deux mille francs environ, et avait donné ordre au notaire du village de la mettre en vente. Il avait pris ensuite la route de Paris.

La propriété de Maurice convenait admirablement à un riche négociant du Havre qui possédait là une très grande terre dans laquelle elle faisait pour ainsi dire enhachement.

Quelques semaines s'écoulèrent et le notaire recevait, à cause de cette circonstance, l'offre d'un prix beaucoup plus élevé que celui sur lequel le jeune homme avait compté, et immédiatement il lui écrivait pour l'engager à venir signer le contrat. Trois jours après, Maurice était à Héricourt. Tout est prêt, lui dit le notaire, votre acquéreur est dans mon salon, il vous connaît : c'est le vieux M. Bruce, de l'ancienne maison Scot et Ce du Havre ; il vous a vu chez M. Fremont, et il sera, m'a-t-il dit, bien aise de causer un instant avec vous avant la signature.

— Volontiers, dit Maurice.

Le notaire le présenta donc à M. Bruce et les laissa seuls dans son salon.

La conversation suivante s'engagea aussitôt entre eux.

— C'est vous, M. Maurice qui étiez il y a un mois à peine employé dans la maison Jaques Fremon, de Dieppe?

— Oui, monsieur !

— Et maintenant vous êtes employé à Paris, dans quelle maison? si toutefois ma question n'est point trop indiscrette.

— Chez un agent de change, monsieur.

— Très bien, mon ami, mais je doute que vous rencontriez facilement un patron aussi digne que celui que vous avez quitté, je vous avoue même, monsieur Maurice, qu'à moins d'un avantage considérable que vous auriez trouvé dans votre nouvelle position, je comprendrais difficilement que vous l'ayez quitté, si je ne savais que l'honorable M. Jacques Fremont, se trouve dans la nécessité de liquider.

— M. Jacques Fremont dans la nécessité de liquider ! Qui a pu vous dire cela, monsieur ?

— Des gens qui connaissent sa position mieux que vous ne paraissez la connaître, mon ami. Au surplus, j'aime votre emportement, il décèle chez vous un véritable sentiment de reconnaissance pour votre ancien patron ; et quoique l'ingratitude soit la plus grande lâcheté du cœur humain, cette bassesse se rencontre si souvent qu'on est heureux de trouver une âme qui en soit exempte.

Maurice allait insister, mais il en fut empêché par M. Bruce, qui se hâta d'ajouter :

— Si tous ceux que M. Jacques Fremont a tirés d'embarras lui venaient aujourd'hui en aide, quoique je ne sache pas au juste la somme qui lui serait nécessaire pour rester maître de sa liquidation, je suis convaincu d'avance qu'ils pourraient facilement le sauver d'une catastrophe qui malheureusement, je le sais, devient de plus en plus imminente.

M. Bruce accentua ces mots : *Je le sais*, d'une telle façon que le pauvre Maurice, non seulement n'osa plus faire entendre une nouvelle protestation, mais qu'il rougit comme si son propre honneur eût été en cause. M. Bruce s'en aperçut et un sourire de satisfaction particulière parut sur ses lèvres; puis, sans laisser le temps à son interlocuteur de se reconnaître, il ajouta d'un ton plein d'une bonté bienveillante :

— Et vous, mon ami, n'avez-vous point dans la maison de M. Fremont des intérêts aujourd'hui naturellement compromis, que vous me vendez votre patrimoine de famille ?

— Oui, monsieur, répondit Maurice avec résolution et commençant à concevoir quelques confuses espérances des questions si précises de M. Bruce, j'ai effectivement des intérêts engagés dans la maison de M. Fremont, mais ce ne sont pas des intérêts d'argent; je l'aime comme mon père, et puisque vous savez tout, vous comprenez facilement que je souffre de toutes ses souffrances. Oh! monsieur, quel malheur pour lui et pour sa charmante fille, si je ne puis parvenir...

— Permettez, mais je ne comprends pas que portant à M. Fremont une affection si vive, vous l'ayez quitté au moment même où votre zèle, votre dévouement, pouvaient lui être de quelque utilité.

— C'est précisément pour lui être utile, monsieur, que je l'ai quitté ; c'est une partie difficile, hasardeuse que je joue pour lui; mais, enfin, c'est la seule chose que je pouvais faire; jai commencé, j'irai jusqu'au bout ; que Dieu bénisse mes efforts.

—Très bien, et je commence à croire que vous destinez le prix de vente que j'aurai à vous compter....

— Puisque vous m'avez deviné, monsieur, j'avoue que mon intention est d'offrir cette faible somme à mon patron... C'est-à-dire que je la destine à une opération qui pourra la quintupler, car cinquante mille francs seraient insuffisans pour lui rendre la libre disposition de ses affaires; mais, monsieur, de grâce, gardez-moi le secret.

— Soyez sans crainte à cet égard ; mais si vous voulez me permettre de vous donner un conseil, gardez votre propriété, et si à toute force vous voulez me la vendre, au moins ne risquez point le capital, car je crois qu'à part les opérations chanceuses de la Bourse, il n'en est guères qui puissent vous faire espérer de le quintupler, surtout dans un délai assez court pour venir utilement en aide à votre patron.

— Mais, monsieur, si je suis votre conseil, que deviendra M. Fremont ? Selon mon plan, il se présente au moins une chance de le sauver, tandis qu'en m'abstenant, il ne reste plus de certain qu'une catastrophe dans quelques mois.

— Aussi je ne me contenterai pas du conseil que je viens de vous donner, et je me hâte d'ajouter que je connais un autre moyen de sauver M. Fremont; que ce moyen dépend de moi, et que je suis parfaitement décidé à l'employer.

— Oh ! monsieur, que vos paroles me font de bien !

— Pas autant que votre noble conduite me fait éprouver de véritable bonheur. Allons, mon ami, c'est une affaire convenue, nous allons ensemble prendre la route de Dieppe; je verrai M. Fremont, et je vous promets d'avance que vous serez content de moi.

— Eh bien! dit le notaire entr'ouvrant en ce moment la porte du salon, allons-nous signer ?

— Non, mon cher monsieur Clément, dit M. Bruce, M. Maurice garde sa propriété, et nous sommes contens tous deux.

— C'est un acte de moins, mais, franchement, si vous êtes contens tous deux je le suis aussi, car cela me faisait de la peine de voir Maurice, qui a été mon petit clerc, il y a de cela près de seize ans, vendre un immeuble patrimonial trois ans à peine après la mort de ses parens, pour en jeter sans doute le prix dans les chances du commerce.

— Très bien! très bien! se hâta de répondre M. Bruce; mais au revoir, maître Clément, nous avons, M. Maurice et moi, hâte d'aller à Dieppe, et nous vous disons adieu.

La voiture de M. Bruce était restée devant la porte du notaire, il y monta, fit placer Maurice à côté de lui, et recommanda au cocher d'aller grand train.

III.

Cinq heures après, M. Bruce se faisait annoncer chez M. Fremont. Celui-ci le reçut dans son cabinet, où ils restèrent deux heures ensemble. En se retirant, M. Bruce disait :

— Je vous répète que je me tiendrai pour offensé si vous m'envoyez un titre; servez-vous de ces trois cent mille francs pour faire tranquillement, et tout à votre aise, votre liquidation. Selon ce que vous m'avez fait connaître de votre situation, vous pourrez, après m'avoir remboursé, réaliser de dix à douze mille francs de rente ; c'est une ruine pour vous, mais enfin votre enfant aura au moins une position assurée, et avec ce digne garçon..... Adieu, M. Fremont, je vais vous envoyer cet admirable jeune homme. Ah! monsieur, quelle compensation dans votre malheur que la presque certitude de l'avoir pour gendre!

— M. Fremont les yeux pleins de larmes, trop ému pour trouver une parole, était resté debout devant M. Bruce, dont il tenait les deux mains. Allons donc, dit ce dernier, est-ce que ce brave Maurice, ne m'a pas donné l'exemple? que fais-je donc de si extraordinaire en comparaison de ce qu'il voulait faire? Je vous prête trois cent mille francs, sans intérêts et sans titre, la belle affaire! au lieu des intérêts vous me donnerez votre amitié, pour titre j'ai votre honneur, vous voyez bien qu'il ne faut rien exagérer; mais encore une fois adieu, car Maurice attend mon retour à l'hôtel, pour prendre son vol vers vous et j'ai hâte de le rejoindre; et M. Bruce s'élança du cabinet de M. Fremont, avec une vivacité qui n'était plus de son âge, avant que celui-ci eût le temps de lui répondre un seul mot.

Quelques minutes après, Maurice, le cœur ému, entrait à son tour dans le cabinet d'où venait de sortir M. Bruce.

— Mon ami, lui dit son patron en le serrant dans ses bras, il y a des dévouemens pour lesquels toute parole de reconnaissance serait d'une impuissance ridicule ; je sais tout, Maurice, je sais tout ce que vous vouliez faire pour moi : M. Bruce m'a tout dit ; car il n'a pas cru, comme il vous l'avait promis, devoir vous garder le secret, et je l'en remercie du plus profond de mon cœur. M. Bruce me sauve, et c'est à vous que je le dois ; de ce moment, vous êtes mon fils, ma maison devient la vôtre. Jeanne arrive demain : qu'elle soit votre sœur; à moins, ajouta-t-il avec un léger sourire, qu'il ne vous convienne à tous deux de vous appeler d'un nom plus doux encore.

A ces dernières paroles, il sembla au pauvre Maurice que le ciel allait s'ouvrir.

— Ah! monsieur, balbutia-t-il éperdu, comment m'acquitter envers vous?

— Cher enfant, reprit Jacques Fremont, ne changeons pas les rôles, je vous prie, et essuyons nos larmes; Jeanne n'arrive pas demain ; car elle est arrivée. Je n'aurais pu supporter plus longtemps la privation de cette chère enfant, dont la présence est une fête pour mes yeux et pour mon cœur, ajouta-t-il avec un accent de profonde tendresse paternelle. Vous restez aujourd'hui avec nous ; demain vous partirez pour Paris; vous prendrez congé de votre agent de change et vous reviendrez bien vite, le plus tôt possible, ne le voulez-vous pas bien?

— Ah! monsieur, si je le veux, répondit l'amoureux Maurice.

En ce moment la douce voix de Jeanne appelant son père vint résonner comme la plus délicieuse mélodie à l'oreille de Maurice et le fit tressaillir de même que s'il eût reçu la secousse de l'étincelle électrique. M. Fremont le laissa un instant pour courir à l'appel de sa fille.

LOUISE.

I.

Le mois de septembre touchait à sa fin, et déjà la végétation vigoureuse particulière à la Normandie commençait à prendre ces mélancoliques teintes de l'automne si chères aux poëtes et aux peintres. Le ciel avait cette adorable sérénité des derniers beaux jours qui inspire je ne sais quelle tristesse rêveuse qu'on aime à entretenir en soi.

Sur le versant d'une des gracieuses collines couronnées d'arbres puissans qui entourent la délicieuse vallée de la Durdan, apparaissait l'humble église d'Héricourt, avec son clocher pyramidal ardoisé dont le coq scintillait sous l'éclat des magnifiques splendeurs du soleil couchant.

L'unique entrée de ce petit temple chrétien tout couvert de la rouille des siècles, était surmontée d'une statue de pierre, représentant un évêque la mître en tête et la crosse à la main. Cette statue, œuvre informe de quelque pauvre artiste de village, contemporain de Richard-Cœur-de-Lion, représentait tant bien que mal saint Mellon, un des apôtres de la Normandie, patron de la paroisse.

Ce jour là était la veille d'un grand jour pour les habitans d'Héricourt, c'était la veille de saint Mellon.

Aussi sur la mître du prélat, on avait placé une brillante couronne de roses rouges, et dans la main qui restait libre et à laquelle il ne manquait que le pouce et l'index, le sacristain grimpé sur une échelle douteuse était occupé, à ses risques et périls, à attacher un énorme bouquet, entouré d'un superbe ruban rouge. Le goût des campagnes est pour les couleurs voyantes comme nos lecteurs ont eu sans doute occasion d'en faire la remarque; aussi le jaune et le rouge ont-ils leur prédilection. L'un des bouts du ruban de saint Mellon, venait effleurer le rustique soulier dont le naïf statuaire l'avait chaussé, il y avait bien des siècles, déjà; l'autre tombait seulement sur sa poitrine et semblait lui faire comme une décoration.

Pendant que le patron d'Héricourt était ainsi l'objet des attentions les plus délicates de la part du sacristain, des groupes de paysans réunis sur les bords de la Durdan, qui roulait ses claires ondes au pied de la colline, se livrant par anticipation aux accès d'une bruyante gaîté, chantaient à pleine poitrine, (et quelles poitrines!) d'interminables chansons, s'interrompant de temps à autre pour applaudir aux arquebusades de leurs camarades, car il n'est pas de fête, même champêtre, dans cette belliqueuse France, qui ne s'annonce et ne se termine par un simulacre de guerre.

A ce tintamare joyeux, le sacristain, qui avait fini la décoration du saint, vint joindre le bruit de son instrument favori, c'est-à-dire qu'il se mit à sonner sa cloche à toute volée. Sacristain, suisse, bedeau, sonneur; dans les pauvres églises de campagne ces titres divers sont cumulés sur une seule tête.

Pendant tout ce vacarme de bon augure, les ménagères terminaient joyeusement les apprêts du festin destiné aux parens et aux amis, et les jeunes filles se consultaient sur leurs toilettes.

Cependant, comme si la vallée, qui commençait déjà à se couvrir des légères brumes du soir, ne fût pas encore assez remplie des bruits joyeux dont elle retentissait, l'orchestre du village, c'est-à-dire deux violons, une flûte et une clarinette, commença à jeter aux échos ses notes criardes et discordantes. Après avoir joué un grand air (l'air de la *Caravane*) sous les fenêtres de M. le maire, auquel un pareil honneur revenait de droit, il commença ses pérégrinations, allant de maison en maison, faire à l'avance aux *demoiselles* les invitations pour le bal du lendemain. Il va sans dire que partout où il se présentait, une libation se faisait en son honneur et que ceux qui le composaient, en vrais musiciens de campagne, eussent cru manquer à la bienséance en ne répondant pas convenablement à la politesse dont ils étaient l'objet.

Malheureusement, à la troisième station, ils avaient déjà à leurs trousses tous les enfans du village en état de marcher. Cette bande de marmots joufflus et gaillards, tout en suivant la *musique* dans ses pérégrinations, voulant aussi prendre sa part de la joie commune, s'était mise à crier de toute la force de ses poumons, autre harmonie qui venait se joindre à celle de l'orchestre, de la cloche, des coups de fusil, etc.

Cependant tout ce tapage finissant par exciter les chiens de garde et les roquets, ces quadrupèdes se mirent à l'unisson, glapissant et aboyant à qui mieux mieux.

Quoi qu'il en soit, l'orchestre, suivi de la troupe joyeuse qui l'accompagnait fidèlement, était arrivé devant une maison d'assez belle apparence construite en pierre et ayant un caractère architectural indiquant qu'elle datait du règne de Louis XV. Cette maison était vaste, entourée d'un magnifique jardin, protégée contre les escalades par une forte grille en fer, annonçant enfin que ses habitans étaient dans une position de fortune au dessus de ce qu'on appelle seulement de l'aisance. Là, nos virtuoses jouèrent les premiers morceaux de leur répertoire; d'abord : *Où peut-on être mieux?* spirituel à propos, la veille d'une fête patronale ; ensuite : *J'ai du bon tabac*, ce qui en avait beaucoup moins ; et, pour en terminer : *Bon voyage, monsieur Dumolet*, ce qui n'en avait pas du tout ; puis ils attendirent humblement qu'on vînt leur ouvrir.

— Je vous remercie pour Louise, mes bons amis, dit en paraissant à la grille un homme d'une quarantaine d'années, d'une taille au dessus de la moyenne et d'une figure belle plutôt par son expression d'intelligence et de loyauté que par une très grande régularité de traits.

A ces mots, *je vous remercie pour Louise*, l'orchestre s'était incliné.

— Je ne vous invite pas à entrer, continua le même personnage, parce qu'elle est indisposée aujourd'hui et qu'il faut la laisser dormir, afin qu'elle puisse aller au bal demain.

En même temps, il glissa dans la main de la clarinette une pièce de monnaie dont le contact la fit frissonner de joie, et les saluant tous d'un signe de main amical il se retira.

— Combien t'a-t-il donné? dit le premier violon s'adressant à son camarade aussitôt que l'orchestre fut à une distance honnête de la grille.

— Devine? répondit l'instrument à vent.

— Quarante sous, reprit l'instrument à corde.

— Mieux que ça.

— Trois francs.

— Mieux que ça.

A cette dernière réponse, le second violon et la flûte s'arrêtèrent court et exclamèrent ensemble : Plus de trois francs!

— Cent sous! cria la clarinette avec une intonnation admirative.

— Cent sous! répétèrent avec une joie peu réservée les deux violons et la flûte, en voilà un homme! A la bonne heure des riches comme ça!

Et l'orchestre continua sa tournée jusqu'à ce que toutes les maisons *à demoiselles* eussent acquitté la rétribution annuelle dont saint Mellon était l'occasion et le prétexte.

Il était environ huit heures et demie du soir quand les heureux musiciens, que leur cortége avait quitté depuis longtemps, sournoisement attablés dans la partie la plus réservée du cabaret du village, procédèrent à la vérification de la caisse commune. Cette caisse, qui était représentée par la poche de la clarinette, fut vidée avec précaution, comme si ces pauvres diables allaient compter de l'argent volé; c'est que les paysans normands, quelle que soit l'industrie qu'ils exercent, cachent avec un soin extrême à la connaissance des étrangers les bénéfices qu'ils en tirent. Confesser une perte, c'est chose facile pour eux ; en exagérer même l'importance est chose fort ordinaire; mais avouer un profit, ah! jamais! La prudence normande s'oppose formellement à de pareilles faiblesses; cela est bon pour les Gascons, qui ne parlent que du *château de leur père*; mais les Normands, laborieux, rusés, ne sont point vantards et tombent bien plutôt dans l'exagération opposée. Aussi chez eux on voit plus de gens riches qui font les pauvres que de gens pauvres qui font les riches. Imprégnés de cet esprit traditionnel à leur race, les quatre artistes d'Héricourt nombrèrent avec discrétion, sur la table boîteuse ornée d'un pot de cidre (prétexte menteur de leur réunion), les nombreuses pièces de monnaie qu'ils avaient recueillies. Au milieu du menu fretin brillait dans tout l'éclat de son isolement la pièce de cinq francs si bien et si bruyamment accueillie il n'y avait qu'un moment. A côté de cette reine de la *recette* se tenait une belle pièce de deux francs; on comptait ensuite quatre ou cinq pièces d'un franc, puis de nombreuses pièces de cinquante centimes, puis un plus grand nombre de pièces de cuivre ; enfin, l'art, représenté dans le fond de cette vallée normande par nos quatre virtuoses, avait reçu de chaque contribuable un tribut proportionnel donnant un chiffre total de trente-cinq francs!

— Trente-cinq francs! dix francs de plus que l'année dernière, s'écria la clarinette! Nous avons eu du bonheur! Si demain *les garçons* sont aussi généreux que *les filles*, et ne regardent pas à une pièce de dix sous pour leur entrée de bal, la Saint-Mellon sera la fête qui nous aura rapporté le plus de tout l'été, — mais silence, vous autres, il n'y a pas besoin que tout le monde sache que le métier est bon, au contraire, si on nous interroge, il faut toujours dire la même chose : *C'était bien meilleur autrefois.*

Les deux violons et la flûte se contentèrent, pour toute réponse, d'un mouvement de tête d'assentiment qui signifiait : A quoi bon cette recommandation, nous prends-tu pour d'autres?

— Ah! ça, reprit la clarinette, qui était évidemment le chef d'orchestre et le doyen, voulez-vous partager de suite ou demain soir?

Il était clair que les trois autres avaient en lui la plus large confiance, car ils répondirent d'une seule voix : « Demain soir, demain soir, si les garçons se conduisent bien, la recette générale sera grasse, et ça fera plus de plaisir de prendre une bonne part d'un seul coup qu'une petite aujourd'hui et une autre petite demain. » Cette réflexion profonde du second violon eut l'assentiment de tous, et après avoir bu le pot de cidre pour l'acquit de leur conscience, ils quittèrent le cabaret et se retirèrent chacun chez soi, en rêvant aux pièces de dix sous, mais surtout à celles d'un franc que les *garçons*, se piquant d'émulation, pourraient faire pleuvoir le lendemain dans la pochesac de la clarinette. Puis ils se voyaient déjà autour de la table qu'ils venaient de quitter, partageant en silence et loin de tout œil profane une recette générale s'élevant au chiffre énorme de quatre-vingt à quatre-vingt-dix francs. — Il faut convenir que l'homme est bien heureux de pouvoir ainsi par avance se créer une foule de bonheurs qu'il n'a que la peine de rêver!

II.

Dans une charmante petite pièce dépendant de la maison, dont le maître avait gratifié les musiciens de la fameuse pièce de cinq francs, une femme d'une trentaine d'années, mais à laquelle on en aurait à peine donné vingt-huit, était assise ou plutôt étendue dans un vaste fauteuil près d'un excellent feu au moment où l'orchestre, arrêté en face de la grille, exécutait ses morceaux de choix. Elle avait une de ces figures où viennent se réfléchir, comme dans un fidèle miroir, les plus précieuses qualités du cœur et de l'esprit. Elle était belle de cette beauté touchante qui ne s'impose point, mais qui attire. On comprenait en la voyant que c'était une de ces créatures charmantes pour lesquelles l'amour dont elles sont l'objet n'est jamais un tribut qu'elles reçoivent en reines, mais un choix dont elles sont moins fières que reconnaissantes, lors même qu'elles ne peuvent le partager légèrement. Blonde, elle avait le teint magnifique des Normandes, des yeux bleus dont le doux rayonnement annonçait autant de pénétration que de bienveillance; le nez légèrement busqué, l'ovale formant la ligne dominante de la tête, une bouche irréprochable, un bras et des mains délicieux, et un pied digne de chausser la pantoufle de Cendrillon.

Au bruit de la porte qui s'ouvrait, elle détourna la tête, sa figure prit une inexprimable expression de bonheur, et s'adressant à la personne qui entrait, laquelle n'était autre que celle qui venait de gratifier l'orchestre, elle lui dit :

— Revenez, monsieur, revenez, je ne vous fais pas grâce de l'interrogatoire et de *la question* même au besoin; revenez vous asseoir sur votre selette, là aux pieds de votre femme qui est votre juge et va peut-être devenir votre bourreau; venez lui rendre compte de l'emploi de cette longue journée pendant laquelle vous l'avez complètement abandonnée et que votre fatuité ne compte pas trop facilement sur son indulgence.

Celui auquel s'adressait ces gracieuses mutineries vint reprendre la place qu'il occupait évidemment lors de l'arrivée de l'orchestre devant la grille, et prenant les deux mains de *son juge* dans les siennes, il les couvrit de baisers.

— On ne me trompe pas ainsi, monsieur; il y a quinze ans que nous sommes mariés; c'était bon autrefois; je vous croyais toujours alors; pauvre innocente que j'étais! aujourd'hui, c'est différent, et si vous n'avez pas passé votre temps près de M. Scot....

— Précisément, c'est chez M. Scot que j'ai passé mon temps, ma chère Jeanne.

— Dis donc maintenant que je ne suis pas la bonté même : c'est moi qui te fournis d'argumens. Comment allait-il, ce bon vieillard? car il faut bien que j'aie l'air de te croire.

— Je l'ai trouvé fort incommodé de sa goutte, et c'est pour cela que je n'ai pu le quitter aussitôt que je l'aurais désiré; il nous attend tous trois, toi, Louise et moi, et veut que nous passions la fête demain chez lui; j'ai promis...

— Tu as bien fait, Maurice; allons, faisons la paix, ajouta Jeanne en souriant d'un ineffable sourire et, prenant la tête de l'accusé dans ses deux mains, elle l'embrassa.

— Comment va Louise? reprit Maurice.

— Elle va mieux, mon ami; elle a dormi, et le sommeil est un remède souverain pour la migraine, car Louise avait simplement la migraine, c'était heureusement là toute sa maladie. Ainsi, puisqu'il est décidé que tu la conduiras demain au bal, cette indisposition ne sera pas un obstacle à ce projet, qui n'a pas mon assentiment complet, je te l'avoue.

— Mais, ma bonne Jeanne, songe donc que Louise n'a que quinze ans, qu'à son âge un bal champêtre est un divertissement très sérieux, *un amusement de bonne foi*, comme pourrait dire Montaigne, et qu'il serait vraiment cruel de la priver de cette occasion, sur laquelle elle compte de toutes ses forces. D'ailleurs, tu le sais, je lui ai promis ce plaisir, et les parens ne peuvent, sans perdre leur autorité, tromper leurs enfans.

— Tu as raison, Maurice, aussi mes scrupules doivent céder le pas à la promesse que tu as faite à Louise.

— Et pourrait-on savoir quelle est la nature de tes scrupules, madame la diplomate?

— Nous verrons cela, Maurice, répondit Jeanne avec un air d'importance comique qui fit rire son mari; puis un nuage de tristesse se répandant tout à coup sur sa délicieuse figure : Comme tu le disais tout à l'heure, ami, Louise a quinze ans, du moins elle les aura demain, car c'est demain le 31 septembre; notre Louise, *la nôtre*, Maurice, *notre enfant* aurait quinze ans aussi, car elle était née le 30 septembre, comme Louise. Vois-tu, mon ami, depuis la mort de Louise j'ai perdu mon père, *notre père*; tu sais si je l'aimais, *notre bon père*. Eh bien! je l'avoue, mais de ces deux morts, celle dont le souvenir est le plus présent à mon cœur, c'est celle de ma fille qui pourtant commençait à peine à me sourire quand je l'ai perdue. Oh! Dieu ne devrait pas reprendre les enfans aux mères!

— Pauvre femme! reprit le mari, je le sens depuis longtemps qu'il te faudrait un enfant de tes entrailles à aimer, et que Louise ne peut pas remplacer entièrement celle que nous avons perdue.

— Chère petite, quel chagrin pour elle, dit Jeanne, si elle savait qu'elle n'est pas notre enfant, et pourtant...

— Prends garde, chère amie, que la véritable mère ne vienne quelque jour te briser le cœur en te reprenant son bien.

— J'ai nourri Louise de mon lait; Marguerite lui a donné la vie, elle l'a portée dans son sein, c'est la mère, elle; crois-tu, ami, que si un jour, comme tu dis, elle venait me briser le cœur en me redemandant sa fille, je pourrais... Mais chut! nous parlons bien haut et il m'a semblé entendre un bruit...

— Tu te seras trompée; nos domestiques sont en liesse et tous sortis; Louise est couchée, personne ne peut donc nous entendre.

Jeanne rassurée reprit :

— Pas plus que toi je ne me fais d'illusion sur le caractère de Marguerite; je ne l'aime pas et n'en ai nul remords, car les sentimens de notre cœur ne tombent point sous le domaine de la volonté; mais nous avons contracté envers M. Bruce, son père, une dette de famille : en nous chargeant de Louise lorsque notre enfant vivait encore, et que rien ne pouvait nous faire prévoir qu'il faudrait bientôt dire adieu à notre cher ange, tous deux nous avons obéi à un devoir. M. Bruce avait sauvé *l'honneur de notre maison* (et Jeanne serra les mains de son mari dans les siennes), c'était bien le moins que nous sauvions l'honneur de sa fille, aux yeux du monde du moins. Il ne s'agit donc pas ici d'affection et de sympathie, mon ami, il s'agit de devoir. Depuis, nous avons perdu notre ange; Dieu a refusé à mes prières la grâce de redevenir mère; Louise, que la nature a si richement dotée, qui se fait aimer seulement en se montrant, Louise, je l'avoue, m'a aidé longtemps à tromper ma douleur, et aujourd'hui tu sais si je l'aime! Nous l'aimons bien tous deux s'interrompit-elle en enveloppant Maurice d'un regard plein de tendresse; cependant Louise est un dépôt entre nos mains, ne l'oublions jamais, Maurice, le devoir avant les affections; Dieu a placé la tête plus haut que le cœur pour qu'elle le gouverne, et dût le nôtre se briser un jour, nous ne devons ni ouvertement, ni par ruse, retenir Louise, ne fût-ce qu'une heure, quand Marguerite m'aura dit : Rendez-moi ma fille.

— Dieu veuille qu'elle ne le dise jamais, comme je l'espère d'ailleurs, reprit Maurice, car cette femme n'a souci que d'une chose, l'opinion; elle sacrifiera tout à l'opinion, jusqu'à son cœur, si toutefois elle a un cœur, ce dont je doute.

— Mon bon Maurice, je connais Marguerite pour le moins tout aussi bien que toi; mais encore une fois, elle avait pour père M. Bruce, sans lequel je ne serais peut-être pas aujourd'hui ton heureuse femme; silence donc, je t'en prie, sur Marguerite; seulement je reconnais avec toi que la peur de l'opinion est le principal mobile de sa vie.

— Et ajoute, chère amie, sans manquer à la mémoire de M. Bruce, sans rien exagérer, ajoute que la peur de l'opinion est souvent une lâcheté; que chez beaucoup de pauvres filles, c'est la seule explication possible de l'infanticide, crime qui fait de la femme un monstre dans l'ordre moral, et que chez Marguerite cette crainte a étouffé dans son germe le sentiment le plus énergique de la nature, l'amour maternel; après cela nous n'en parlerons plus.

— Mais, mon Dieu, encore ce bruit..... Maurice, écoute donc..... Ne serait-ce point que Louise se trouverait plus mal, il faut voir.....

Comme elle allait se lever, une charmante petite levrette, blanche comme neige, vint poser sur ses genoux son museau effilé et solliciter d'un œil quetteur un morceau de sucre ou une caresse, peut-être l'un et l'autre.

— Bon, dit Maurice, voilà l'indiscrette qui nous écoutait traîtreusement; elle était couchée sur quelque fauteuil et feignait de dormir, la rusée!

— C'est cela, approuva Jeanne, voilà mon bruit.

En ce moment la porte d'une petite chambre fraîche et coquette, tournait sans bruit sur ses gonds et une jeune fille venait tomber agenouillée près d'un petit lit placé dans une charmante alcove, en étouffant dans son mouchoir les sanglots qui soulevaient sa poitrine.

Louise, légèrement indisposée, ainsi que nous venons de le voir, s'était couchée longtemps avant la fin du jour, et après un sommeil paisible, se sentant tout à fait bien, comme elle l'avait déjà dit une heure auparavant à Jeanne, elle s'était levée en entendant Maurice rentrer afin de le rassurer et de lui rappeler la promesse qu'il lui avait faite de la conduire le lendemain au bal champêtre.— Elle allait entrer dans la pièce où il se tenait avec Jeanne, lorsque son nom, prononcé à demi-voix, vint frapper son oreille.—Un sentiment de naïve curiosité l'arrêta sur le seuil, elle écouta : bientôt sa douleur seule pût égaler son étonnement; il lui sembla que la terre allait manquer sous ses pas; elle qui, il y a quelques instans seulement, avait un père et une mère, dont elle était l'idole, se voyait rejetée seule au milieu du monde, sans nom et sans famille. Tous ces liens chéris qui avaient fait son bonheur, il dépendait de celui qu'elle nommait son père et de celle qu'elle appelait sa mère de les rompre. La triste réalité qui venait de se découvrir à ses yeux lui enlevait, hélas! jusqu'au charme de ses plus doux souvenirs. Déshéritée dans le présent, déshéritée dans l'avenir, elle ne pouvait plus même se réfugier dans le passé sans douleur! Marguerite, disait-elle..., Mme Scot est ma mère... ma véritable mère... Mais pourquoi alors m'a-t-elle donnée à Jeanne?... Eh puis! il m'a bien semblé que Jeanne n'aime pas Mme Scot, et Maurice surtout ne l'aime pas... Pourtant, si c'est ma mère, ma véritable mère, moi je dois l'aimer...—Eperdue, roulant dans sa tête de quinze ans les idées les plus étranges et les plus contradictoires, Louise se remit au lit.

Deux heures s'étant écoulées, un pas léger se fit entendre sur l'escalier; la porte de la chambre de Louise s'ouvrit lentement, et une voix murmura doucement :

— Dors-tu, ma Louise?

— Je dors, bonne mère, et je ne souffre plus, répondit la jeune fille en se glissant sous sa couverture pour cacher à celle que nous continuerons de nommer sa mère ses yeux encore rouges de larmes.

— Pourquoi donc me caches-tu ta jolie petite tête, méchante? Est-ce que tu ne veux pas que je t'embrasse ce soir? Ne crains pas que la lumière te blesse la vue, j'ai laissé le flambeau derrière la porte.

Louise rassurée cessa de se blottir dans son lit, et, prenant Jeanne dans ses bras, elle l'embrassa avec une de ces fiévreuses effusions qui révèlent les sourds orages du cœur.

Jeanne, douée d'un tact exquis, sentit à cette étreinte convulsive de l'enfant qu'il se passait quelque chose d'extraordinaire dans cette jeune âme; mais, en mère prudente et pleine de sens, elle ne lui témoigna point ce qu'elle éprouvait, afin de conserver l'avantage de l'observer sans qu'elle se tînt sur ses gardes.

— Dors bien, mon enfant!, dit-elle en la quittant, afin de bien t'amuser demain au bal de la Saint-Mellon.

— Oui, mère, je vais dormir afin d'être réveillée demain de bonne heure.

— Il paraît que tu ne veux pas perdre une heure du grand jour de demain, chère petite.

— Mais non, bonne mère.

Aussitôt que Jeanne fut sortie, Louise se souleva sur son lit et donna cours aux larmes qui la suffoquaient.

— Mon Dieu! dit-elle, donnez-moi la force d'aimer ma véritable mère, puisque vous n'avez pas voulu que ce fût Jeanne; et elle pensait avec amertume que jamais Mme Scot ne lui avait adressée que de ces caresses banales que les femmes font presque machinalement aux enfans des autres; enfin la fatigue de la pensée courba ce frêle petit corps, et Louise s'endormit.

Nos lecteurs ont reconnu sans doute dans les deux personnages que nous avons nommés Jeanne et Maurice, le premier la fille de M. Fremont et le second le commis de cet honnête négociant.

Grâce aux trois cent mille francs de M. Bruce l'honneur de la maison Jacques Fremont était resté intact; la liquidation s'était faite dans de bonnes conditions, et tous les créanciers payés, M. Bruce y compris, la belle terre patrimoniale d'Héricourt était restée libre d'hypothèque à son propriétaire; or, comme elle était d'un revenu de plus de douze mille francs, c'était encore une belle dot pour Jeanne. Celle-ci ayant tout naturellement éprouvé pour Maurice un sentiment de reconnaissance qui s'était bientôt transformée en un sentiment plus tendre l'avait accepté avec bonheur pour époux. M. Fremont, après avoir marié sa fille, était venu demeurer avec elle, avec ses deux enfans, comme il disait, sur sa terre d'Héricourt, seul débris de sa grande fortune, et depuis quelques années déjà il s'était éteint doucement dans leurs bras.

En mourant, il leur avait recommandé de continuer à payer fidèlement à la fille de M. Bruce, son sauveur, la dette de reconnaissance qu'il avait contractée envers son père, et de ne jamais oublier que c'était une dette de famille.

III.

Bien avant que le jour parût, tout le monde était éveillé au village d'Héricourt. Les femmes actives et propres comme toutes les paysannes normandes, avaient donné un dernier coup d'œil à leur maison. Après avoir reconnu que la vaisselle d'étain brillait du plus vif éclat, que les belles casserolles, les vastes bassines de cuivre reluisaient comme de l'or, que le pavé était nettoyé à fond, que les vitres étaient irréprochables, elles se mirent en devoir de dresser les longues et massives tables des bons jours; enfin jusque dans les plus humbles chaumières tout avait un air de fête, de bonheur. Il est vrai que ce qui constituait les élémens des plaisirs que se promettaient les paroissiens de Saint-Mellon était quelque chose de presque ridicule pour les élégans citadins venus par désœuvrement à cette assemblée; mais, comme tout consiste dans l'idée qu'on a de la valeur des choses, que ces plaisirs étaient de bon aloi pour ceux qui s'y préparaient depuis la veille, nous avouerons franchement que le rire frelaté des gens que rien n'amuse était bien lugubre en comparaison de celui qui n'attendait que le signal de deux aigres violons, d'une flûte et d'une clarinette asthmatique pour éclater avec la plus naïve explosion.

Pourtant il y avait une maison où l'on ne remarquait aucun de ces apprêts et où il semblait que le jour consacré à saint Mellon dût passer comme un jour ordinaire. Cette maison était celle de Maurice, dont les contrevens, hermétiquement fermés, interceptaient encore, à huit heures du matin, les rayons du soleil levant.

C'est qu'en effet, comme nous l'avons vu, Maurice, Jeanne et Louise devaient tous trois passer la journée chez M. Scot.

Le château du *riche M. Scot*, comme on disait à Héricourt, était situé à un demi-kilomètre de la demeure de Maurice, dans un des plis les plus gracieux de la vallée... C'était un édifice dont le style était d'un grand effet et d'une harmonie admirable avec le cadre enchanteur qui l'entourait. Il s'élevait au milieu d'un parc dont les heureuses dispositions ne permettaient pas de distinguer ce qui appartenait aux inimitables caprices de la nature de ce qui était l'œuvre des inspirations de l'art. Un bras de la Durdan en baignait la base du côté nord ; puis les belles eaux de la limpide petite rivière, épandues en ruisseaux infinis, courant au hasard se donnaient ensuite comme un rendez-vous pour former un petit lac qui se dégageait du superflu apporté par ses nombreux tributaires en formant une jolie cascade. Cette cascade donnait naissance à un rapide ruisseau qui s'enfuyait tout ému sous les saules et courait en murmurant rejoindre, comme les autres, la Durdan qui recevait, en reprenant sa course ardente, tous ses enfans égarés au pied d'une modeste chapelle en ruines, dont les derniers grands arbres du parc abritaient le pauvre toit à moitié effondré.

M. Scot, le propriétaire de ce beau domaine, descendait d'une de ces familles écossaises venues en France à la suite de Jacques II, et qui se firent naturaliser chez nous quand la cause des Stuarts fut définitivement perdue. Retiré des affaires avec une immense fortune, il avait, par une erreur de jugement assez fréquente chez les vieillards, épousé, à l'âge de soixante-six ans, la belle Marguerite Bruce, la fille de son ancien associé qui alors en avait à à peine trente-deux. Depuis deux ans que ce ridicule mariage était contracté, les deux époux étaient venus se fixer à Héricourt, sur la grande terre dont Marguerite avait hérité de son père. Chose étrange ! M. Scot, esprit d'une fermeté et d'une netteté remarquables, doué de ce bon sens particulier aux gens de sa race, déraisonnait complétement sur le point le plus essentiel pour lui : il était persuadé que Marguerite l'aimait et, tout en faisant perpétuellement la volonté de sa femme, il était bien convaincu que c'était elle qui faisait la sienne, disant habituellement à ce propos : Cette chère Marguerite, elle m'aime tant qu'elle n'a d'autre volonté que la mienne. Si cette aberration de M. Scot faisait peu d'honneur à son jugement, elle prouvait, par contre, que la *chère Marguerite* était une *maîtresse femme*, comme disaient les paysans.

Maurice et Jeanne souriaient quelquefois bien discrètement des prétentions de l'excellent mari, dont l'esprit était si lucide sur tout ce qui ne touchait point à Marguerite ; mais en songeant aussitôt que si, par malheur, le secret de cette femme venait à transpirer, le bonheur de ce pauvre vieillard s'évanouirait comme un vain songe, ils tremblaient comme s'ils eussent été les coupables.

Jeanne n'avait jamais avoué à Maurice tout le mal qu'elle pensait de Marguerite, mais pas un des traits du caractère de cette femme n'avait échappé à sa pénétration ; elle savait que, pour conserver aux yeux de son mari et du monde la réputation usurpée dont elle jouissait, elle était capable de toutes les bassesses. La remarque que la pauvre Louise avait faite, que Marguerite ne lui avait jamais prodigué que de banales caresses, Jeanne l'avait faite aussi et tout naturellement bien avant sa fille adoptive. Pour elle donc, c'était une femme sans cœur, n'aimant personne, n'ayant jamais aimé de sa vie, pas même celui qui l'avait rendue mère ; l'amour maternel, ce grand et énergique mobile des plus sublimes dévouemens chez la femme, lui était aussi étranger que tous les autres amours : pour elle, tout consistait à paraître, le reste était indifférent. Aussi ne faisait-elle de sacrifice qu'à l'opinion ; elle haïssait Jeanne et Maurice, par cela même qu'ils étaient depuis quinze ans les confidens de sa faute. Ils avaient son secret, ils pouvaient la perdre dans l'opinion ; elle les ménageait par politique, sûre d'eux néanmoins, parce qu'elle les savait liés à son nom, par reconnaissance du service rendu par son père à leur père.

Quant à sa fille, elle la haïssait aussi à l'avance, dans la prévision qu'un jour viendrait peut-être où il lui faudrait apprendre qu'elle n'était point l'enfant de Maurice et de Jeanne, mais son enfant à elle, Mme Scot, si haut placée dans l'estime publique. A la vérité elle avait pourvu depuis longtemps dans sa pensée à tous les moyens à employer pour détourner les dangers de cette révélation — mais enfin sa prudence pouvait devenir insuffisante contre certaines éventualités ; or, il n'en fallait pas davantage pour lui faire prendre en aversion celle que, dans tous les cas, elle eût été impuissante à aimer.

Elle avait épousé M. Scot, parce que c'était un vieillard facile à tromper ; pour se donner une contenance dans le monde, elle jouait avec lui une perpétuelle comédie d'affection, moitié conjugale, moitié filiale, afin de lui imposer sa volonté, en lui faisant croire que c'était elle qui faisait la sienne, se donnant ainsi un prôneur dans son vieux mari, ce qui la posait sur un piédestal magnifique aux yeux de l'opinion. Avec un esprit extrêmement délié, fécond en expédiens de toute nature ; avec une grande connaissance du monde, sachant à merveille par quels côtés il fallait le prendre, Marguerite, en habile comédienne, était parvenue à lui donner le change sur son caractère et sa véritable valeur morale ; mais il y avait une tâche au dessus de ses forces, c'était de tromper Jeanne. Celle-ci, riche et admirable nature, n'accordait à l'opinion tout juste que ce qu'une femme, si pure qu'elle soit, est toujours forcée de lui accorder ; pour le reste, il lui suffisait d'être ; paraître lui semblait superflu ; puis elle avait une intelligence à la hauteur de toutes les grandes facultés de son cœur, harmonie rare et qui, avec la beauté, fait de la femme le chef-d'œuvre de la création. Le caractère saillant de son esprit était, comme nous l'avons dit déjà, une rare pénétration ; aussi avait-elle deviné complétement Marguerite, ce dont celle-ci était bien loin de se douter. Tout était contraste entre ces deux femmes ; comme Jeanne, Marguerite était belle, bien belle même, mais sa beauté n'avait rien de touchant. Grande, admirablement faite, elle avait le port d'une reine, de magnifiques cheveux d'un noir d'ébène, de grands yeux bruns admirablement arqués, mais durs et froids ; des lèvres minces, une excessive régularité dans les traits, une peau très blanche, véritable beauté impérieuse, qui s'impose, veut toujours qu'on l'adore et jamais qu'on l'aime.

Telles étaient ces deux femmes, dont l'une méritait si bien d'être la mère de Louise et dont l'autre en était si complétement indigne.

IV.

Quelques minutes après huit heures, la fille adoptive de Jeanne et de Maurice se réveilla toute rafraîchie de ce sommeil bienfaisant qui ne manque jamais à la jeunesse. Les objets extérieurs exercèrent bien vite leur inévitable empire sur sa jeune âme : elle ouvrit ses persiennes et sa chambre fut aussitôt inondée des rayons dorés du doux soleil d'automne ; ses yeux embrassèrent une partie de la calme vallée encore toute frissonnante au matin des fraîcheurs de la nuit ; elle contempla avec ravissement les détours capricieux de la Durdan qui s'en allait à la mer, à moitié cachée sous un voile de blanche vapeur, en murmurant ses petites colères impuissantes ; puis, ramenant ses regards plus près d'elle, elle aperçut sous le vieux noyer de la basse cour, Maurice assis, lisant son journal ; elle poussa un petit cri d'appel, et celui qu'elle avait toujours nommé son père, levant les yeux vers elle, lui fit en souriant signe de venir près de lui ; enfin, tout semblait lui dire : Petite fille, tu as fait un mauvais rêve ; est-ce que tout n'est pas à sa place comme à l'ordinaire, les beaux rosiers du jardin, les grands arbres ombreux de la cour, le vieux bon chien de garde qui a si souvent prêté son dos robuste à tes jeux enfantins et qui bondit de joie parce qu'il a entendu le bruit de ta fenêtre qui s'ouvrait ? Regarde ce beau soleil d'or dont la présence fait chanter au cœur de l'homme la douce chanson de l'espérance; écoute les concerts des oiseaux du ciel, ces gais concerts du réveil; tout est fête, tout est bonheur autour de toi; qu'as-tu donc rêvé, pauvre petite? tu as un père et une mère comme les autres enfans, et tu les appelles *mon père, ma mère* devant tous. Rien n'est changé, Louise, cours embrasser ton père qui t'attend. Et Louise courut toute consolée embrasser Maurice.

Celui-ci qui, pendant la soirée précédente, avait puisé dans sa conversation avec Jeanne, une sorte de récrudescence de tendresse pour sa fille adoptive, accueillit ses caresses avec plus d'effusion qu'à l'ordinaire, et Louise se disait de plus en plus: ah! mon Dieu! si j'avais le bonheur de m'être trompée!

Jeanne vint bientôt les rejoindre et quelques instans après, tous trois s'acheminèrent vers le château.

Pendant le trajet les heureuses impressions du réveil s'effacèrent peu à peu chez Louise, et l'entretien qu'elle avait entendu la veille se représenta à son esprit avec la triste réalité de ses détails. Plus approchait le moment où elle allait se trouver en face de madame Scot, plus elle se sentait emue et troublée. Cependant comme les femmes, même les plus jeunes filles, sont par un effet de leur organisation délicate, beaucoup plus diplomates que les hommes dans tout ce qui touche directement aux sentimens de leur cœur, elle comprit de suite que la seule position avantageuse pour elle, était de paraître tout ignorer, et elle prit promptement la résolution de ne point confesser à ses père et mère adoptifs qu'elle avait surpris leur secret, et à se conduire toujours avec eux comme si elle ignorait le mystère de sa naissance. — Quant à Marguerite, elle serait pour elle ce quelle avait été jusque-là; rien de plus, rien de moins.

En ce qui concernait Jeanne et Maurice, sa tâche était facile; il n'était besoin pour elle que de les aimer comme elle les avait toujours aimés, et la pauvre enfant n'avait pas pour cela à se contraindre; la triste révélation qu'elle devait au hasard ne pouvait altérer la vivacité de son affection pour eux. Mais pour Marguerite, elle sentait que le parti auquel elle venait de s'arrêter présentait plus de difficultés, et quoique par un motif que, dans son innocence naïve elle ne pouvait pénétrer, cette femme l'eût rejetée de son sein, néanmoins l'instinct de la nature qui pousse les enfans dans les bras de leur mère, n'en parlait pas moins à son cœur, et c'était contre cet instinct impérieux qu'il lui faudrait continuellement lutter. Pour s'assurer dans sa résolution, Louise convint avec elle-même que lorsqu'elle se sentirait entraînée vers Marguerite, elle penserait aussitôt à Jeanne, à Jeanne qui l'avait élevée, qui l'avait toujours chérie, aimée comme sa fille, tandis que sa véritable mère l'avait reniée depuis sa plus tendre enfance.

— A quoi rêves-tu donc, ma Louise, dit tout à coup Jeanne, nous voilà arrivés, et depuis la maison tu ne nous a pas adressé une parole à ton père et à moi?

— Je ne rêve pas, répondit Louise, surprise comme une personne que l'on réveille brusquement.

— Si tu ne rêves pas, tu penses au moins à quelque chose qui t'occupe beaucoup, mon enfant.

— Mais non, petite mère; mais tu sais, quelquefois on marche machinalement sans songer à rien.

— Regardez! regardez! s'écria en ce moment Maurice, regardez ce lièvre que nous venons de faire lever, comme il détale.

Et, faisant le geste d'un chasseur qui ajuste une pièce de gibier:

— Quel dommage, dit il, que je n'aie pas mon fusil.

Louise profita de l'incident pour reprendre contenance, car elle commençait à se sentir rougir; puis, le bienheureux lièvre ayant fourni à Maurice le texte de remarques ordinaires en pareil cas, on arriva chez M. Scot avant qu'il eût fini, ce qui empêcha Jeanne de continuer son petit interrogatoire.

M. Scot fit, comme à son ordinaire, l'accueil le plus cordial à ses voisins; il avait pour Maurice la plus franche amitié, une grande estime pour sa femme et une affection presque paternelle pour Louise.

— Soyez les bien-venus, leur cria-t-il du plus loin qu'il les aperçut, il n'y a jamais de bonne fête ici sans vous; Marguerite va venir à l'instant, et, ma foi, nous allons passer tous cinq une charmante journée en famille! Vive saint Mellon! puisque c'est lui qui me procure le bonheur de vous recevoir chez moi, ce qui m'a enlevé ma goutte.

En ce moment Marguerite parut; après avoir salué Maurice de son plus majestueux sourire, elle embrassa Jeanne avec toutes les apparences d'une grande affection; Louise, placée un peu plus loin, était si troublée qu'au lieu de s'avancer vers elle elle la laissa faire quelques pas; s'apercevant alors de sa distraction elle fit un petit bond vif et léger comme celui d'une gazelle, mais Mme Scot l'arrêta par un froid baiser sur le front en disant:

— Bonjour, petite; j'espère que tu vas bien aujourd'hui et que tu danseras ce soir.

L'enfant devint pâle sous ce baiser de glace, et son cœur se serra à ces ternes paroles; elle eut comme un éblouissement, mais ce fut l'affaire d'un instant, et elle répondit assez bien:

— Oui, madame, mon père me l'a promis.

— Oh! oh! dit M. Scot en déposant un gros bon baiser de grand-père sur les joues vermeilles de Louise, tu vas faire des conquêtes aujourd'hui; il y a ordinairement beaucoup de jeunes gens des villes voisines à notre assemblée, et je gage qu'il y aura presse pour danser avec toi. Mais c'est, dit-il en prenant Jeanne à part, qu'elle devient jolie comme un ange votre Louise, ma belle amie; elle vous ressemble d'une manière frappante.

Les yeux de Marguerite et de Jeanne se rencontrèrent en même temps dans un rapide rayonnement.

— Voilà, remarqua cette dernière, un compliment en *partie double*.

— Très joli cela, ma belle amie; ces deux mots me rappellent mon bon temps; mais je reviens à mon charmant sujet.

Louise s'était éloignée et admirait par une croisée entr'ouverte le parc dont le verdoyant paysage déroulait devant elle ses ravissantes perspectives; M. Scot ne la voyant plus à portée de sa voix et n'étant plus retenu par la crainte délicate de louer en face une jeune fille de quinze ans, reprit sur un ton plus élevé:

— Oui vraiment, Louise vous ressemble beaucoup, et pas du tout à Maurice; moins blonde que vous, c'est vrai; mais la même expression, et presque identiquement les mêmes traits; vos beaux yeux bleus, votre bouche ni trop petite ni trop grande, votre charmant nez légèrement busqué; jusqu'au timbre de la voix, c'est un second vous-même que votre enfant.

M. Scot ne se trompait pas; la fille de Marguerite ressemblait à Jeanne, et on eût dit que, par un étrange caprice, la nature eût voulu consacrer la maternité adoptive de celle-ci.

— N'es-tu pas de mon avis, poursuivit-il, ma chère Marguerite, est-ce que tu ne trouves pas comme moi que Louise ressemble extraordinairement à sa mère?

Celle à laquelle cette question était adressée répondit avec un calme et un aplomb qui stupéfièrent Jeanne et Maurice:

— C'est tout-à-fait mon opinion.

— Au fait, reprit le mari, qui avait l'habitude d'épuiser une idée même banale, tu ne pourrais pas dire le contraire, car je me rappelle maintenant que tu m'en as fait déjà plusieurs fois la remarque.

— C'est vrai, parce que chaque fois que je vois *la mère et la fille*, cette ressemblance me frappe davantage.

En ce moment un domestique entra disant *qu'un pauvre homme*, demandait à parler à madame. — Marguerite sortit.

— Convenez, mes bons amis, dit le mari, profitant de l'absence de sa femme pour célébrer son bonheur domestique, convenez que j'ai là une bien aimable et bien excellente femme.

— Vous êtes digne de ce bonheur, répondit Maurice, d'une façon très gauche, mais qui ne fut pas remarquée.

— Marguerite est une excellente femme, ajouta résolument et courageusement Jeanne.

— Je sais, reprit le dithyrambique époux, qu'il ne manque pas par le monde de petits messieurs qui prétendent qu'une jeune et belle femme ne peut pas aimer un homme d'un *certain âge*, il faut les envoyer au château d'Héricourt, Maurice, quand vous en rencontrerez; — puis se tournant vers Jeanne, et vous même, ma belle amie, est-ce que vous en aimeriez moins votre mari s'il avait *quelques années* de plus par hasard?

— Non, certainement, je ne l'aimerais pas moins pour cela, répondit Jeanne adressant à son mari son plus doux sourire.

— A la bonne heure! je le savais bien, moi... Mais qu'est-ce que c'est que cette musique enragée?

Marguerite rentrait alors et elle répondit en riant :

— Je sais ce que c'est; mais avant de vous le dire, Louis (Louis était le petit nom de M. Scot), j'ai besoin de vous prier de ratifier une permission que je viens d'octroyer en votre nom : j'ai peut-être un peu entrepris sur les droits réservés à l'autorité maritale, et sa voix prit un timbre enfantin et son regard câlinait le vieillard.

— Holà! voilà qui devient grave, interrompit Maurice, qui souffrait horriblement de cette comédie, mais auquel Jeanne avait précédemment donné l'exemple.

— Figurez-vous, mes amis, reprit Marguerite avec hésitation...

—Parle, parle, dit M. Scot, regardant Jeanne et Louise de ce regard qui signifiait: Jugez vous-mêmes, avais-je tort de vous la vanter tout à l'heure? Quelle douceur, quelle soumission!

— Figurez-vous donc, mes amis, continua Mme Scot, que je viens de recevoir en députation un artiste faisant partie de notre orchestre champêtre; il venait, m'a-t-il dit, de la part des habitans de la commune, et *avec permission de M. le maire*, me remontrer comme quoi il y avait dans le parc un emplacement qui conviendrait beaucoup mieux pour le bal que *la cour du père Tantet*, et que si je voulais en parler à monsieur, et que *monsieur voudrait* bien y consentir, la commune lui serait bien reconnaissante et l'orchestre aussi; ma foi, Louis, grondez-moi, je le mérite, mais j'ai promis pour vous.

— Et tu as bien fait, Marguerite, s'empressa de répondre le mari, tu as très bien fait. Ces braves gens... ils sont tous si bons, si convenables, que c'est un vrai bonheur pour moi de leur être agréable en quelque chose... Mais quel diable d'instrument criaille là sous cette croisée? Regarde donc, Louise.

—C'est une clarinette, dit Louise; c'est l'instrument du père Tacheux, le chef d'orchestre; il vous remercie sans doute à sa manière de l'autorisation que... que madame a donnée pour vous.

— Il faut le faire entrer, dit M. Scot, le pauvre diable joue : *Où peut-on être mieux*? Va bien vite, Louise, et réponds-lui à la cuisine, mon bon homme, à la cusine; mais fais-le passer d'abord par le salon.

Louise fut en un clin d'œil auprès du père Tacheux, avec lequel elle rentra triomphalement.

Le père Tacheux tenait sous son bras son inséparable clarinette et son chapeau à la main; c'était une bonne figure honnête de vieillard, très mesquinement, mais très proprement vêtu. Le riche ameublement de la pièce dans laquelle Louise venait de l'introduire en lui recommandant avec bonté de ne pas se troubler, lui donna comme un éblouissement, et trouvant sans doute sa pauvre personne indigne de figurer au milieu de tant de belles choses, il voulut reculer au lieu d'avancer et laissa tomber son chapeau; Louise s'élança aussitôt, le ramassa et le lui remit à la main; Tacheux se laissa faire sans pouvoir balbutier une excuse.

— Entrez, mon ami, entrez donc, dit M. Scot avec une bienveillance qui était autant dans l'accent que dans les paroles; vous me remerciiez donc tout à l'heure de la permission que madame vous a donnée pour moi de faire danser tantôt dans mon parc nos jeunes garçons et nos jeunes filles?

— Oui, monsieur, dit humblement Tacheux.

— C'est bien, je suis touché de votre attention, mon ami, et je serai bien aise de vous donner une preuve de ma reconnaissance pour le plaisir que vous m'avez fait; voilà une jeune demoiselle, et il montra Louise, qui va danser ce soir, je veux lui offrir *son entrée de bal*, et vous la payer d'avance.

En disant ces mots, il se leva et glissa discrètement, sans l'humilier, une pièce de vingt francs dans la main de l'artiste. Le sang monta au visage de celui-ci, car, par une intuition subite, il avait compris du premier coup que ce n'était pas une pièce de *vingt sous* qu'il tenait entre le pouce et l'index, mais bien une bonne, belle et véritable pièce d'or, quoiqu'il n'en eût pas touché une seule depuis quarante ans.

Le difficile était de trouver un remerciement à la hauteur d'une telle libéralité; Tacheux essaya néanmoins, soutenu par l'idée que, dans cette circonstance solennelle, il était le représentant de l'orchestre tout entier, et que l'honneur de la compagnie recevrait une inévitable atteinte si son chef demeurait court par excès de timidité; alors faisant un suprême effort :

— Merci, dit-il, pour moi, merci également pour mes camarades, *Monseigneur*, et daignez recevoir l'hommage d'un cœur..... avec un dévouement respectueux dont.....

— Très bien! mon ami, c'est fort bien! interrompit M. Scot, venant en aide au pauvre Tacheux, vous et vos camarades, pensez à moi à l'époque de nos fêtes, à Noël, aux Rois, à la Saint-Jean, à la Saint-Mellon, ça va sans dire, enfin toutes les fois que l'orchestre sort, car j'aime beaucoup la musique, et c'est un vrai plaisir pour moi d'encourager les musiciens, Louise, conduis le bon père Tacheux, et fais-lui donner à déjeuner, je veux qu'il boive à la santé de Madame et à la mienne.

Et Tacheux suivit Louise après avoir fait à la société le salut circulaire le plus humble.

— A quelle heure le bal? lui dit Louise en le conduisant à la cuisine.

— A quatre heures précises, mademoiselle, répondit l'artiste, et j'espère que ce sera *le plus conséquent qu'ait eu lieu* depuis longtemps à plus de dix lieues à la ronde, car il arrive déjà du monde de tous côtés et des messieurs de la ville même.

Louise rentra et l'on convint de faire une promenade en voiture après le déjeuner, d'être de retour pour se trouver à l'ouverture du bal, d'y rester deux heures et de rentrer ensuite au château pour dîner.

V.

A peu près au moment où le père Tacheux était envoyé en députation au château, la fête patronale d'Héricourt mettait en émoi un certain nombre de citadins d'une des petites villes voisines, qui faisaient leurs préparatifs pour se rendre à cette assemblée, la dernière de la saison.

De ce nombre était un jeune homme de vingt-cinq à vingt-six ans, nommé Lucien Coursel. Orphelin depuis longtemps, il possédait une fortune qui assurait son indépendance, c'est-à-dire le bien le plus précieux, surtout dans une société entraînée, comme la nôtre, dans le courant désordonné des intérêts positifs, et où chaque place au soleil est l'objet d'une lutte ardente, passionnée, incessante, sans frein ni loi. Il terminait ses apprêts de départ au moment où un vieillard sordidement vêtu, portant dans toute sa personne et surtout dans sa figure osseuse, éclairée par le reflet chatoyant de deux petits yeux gris, le type profondément accentué de l'avare, se présenta brusquement à lui et s'écria

— Encore des fêtes! encore des parties de plaisir! encore de la dépense! Tu n'auras donc ni paix, ni trève que tu n'aies dissipé le patrimoine que t'ont laissé tes parens et que je me suis donné tant de mal à augmenter!

— Mon bon oncle, répondit doucement le jeune homme, parlant comme on parle à un malade dont on respecte les caprices, vous savez bien que, depuis presque cinq ans que je suis majeur et que je travaille pour me faire recevoir docteur-médecin, je n'ai pas même, pendant une seule année, dépensé mon revenu.

— Trà là là! c'est moi qui suis ton banquier, je connais mieux tes affaires que toi; enfin où vas-tu ce matin?

— A Héricourt, mon oncle; je profite de la voiture d'Edouard Mériel qui s'y rend aussi. Nous voulons nous amuser un peu : c'est la fête patronale, c'est la Saint-Mellon; c'est un plaisir bien innocent et peu coûteux surtout que celui que nous allons prendre.

— Oui, vous allez faire danser les demoiselles, faire des connaissances; nous savons où tout cela mène.

— Ma foi, mon oncle, je ne sais pas bien, moi.

— Ça mène, monsieur, à des amourettes qui font perdre du temps et, par conséquent, de l'argent; qui troublent le cerveau, nuisent aux études et aux intérêts positifs de la vie; tu ferais bien mieux de laisser M. Mériel aller gambader tout seul et rester ici. Dans un mois tu vas retourner à Paris soutenir ta thèse; crois-tu que tu n'auras pas alors assez d'occasions de dépenser de l'argent?

— Mais, mon oncle, je vous jure que la fête de Saint-Mellon ne me coûtera pas un sou. Enfin, c'est dimanche aujourd'hui, j'ai rudement pioché toute la semaine, c'est bien le moins que je prenne un peu de distraction innocente et sans frais; sans frais, mon oncle, croyez-le bien.

— Enfin, tu le veux... Combien emportes-tu d'argent?

— Cinq francs, mon oncle, rien que cinq francs.

— Rien que cinq francs! Il appelle ça rien, le malheureux!... Jure-moi de les rapporter intacts.

—Vous comprenez que je ne puis faire ce serment.

— Tu vois donc bien que j'avais raison, et que voilà cinq francs d'aventurés! Mais c'est bien, monsieur, vous faites à votre tête, il viendra un moment où je ferai à la mienne.

C'était le refrain habituel de M. Plumart, ainsi se nommait l'oncle maternel de Lucien Coursel. Quand M. Plumart avait dit : *Vous faites à votre tête, il viendra un moment où je ferai à la mienne*, il n'ajoutait plus un mot, et se retirait en grommelant. Ainsi fit-il dans cette circonstance.

En sortant de la chambre de son neveu, qui se hâta de déguerpir, M. Plumart rencontra Françoise, sa vieille domestique, chargée comme une mule, d'un énorme panier de linge mouillé.

— D'où viens-tu, toi, la Françoise, avec ton linge, s'écria-t-il, en la regardant de travers?

— Pardienne, notre maître, répondit la Françoise, je viens de laver à la rivière.

— Toujours laver à la rivière, parce que la rivière est à deux pas, paresseuse.

— C'est-t'y ma faute, à moi, si la rivière est à deux pas, faut-t'y pas que je la fasse reculer pour le plaisir d'avoir du mal de plus?

— Trà là là! que tu sais bien ce que je veux dire, vieille enragée!

— Si je suis enragée, faut me faire abattre, répondit Françoise, habituée depuis trente ans aux façons de M. Plumart.

— Tais-toi, bavarde, reprit ce dernier, tu sais bien, puisque je te l'ai dit cent fois, que la rivière absorbe un savon fou; c'est à ruiner une maison. Tu n'as pas oublié que je t'ai enseigné un peu plus loin une petite fontaine dont l'eau est naturellement si savonneuse qu'il y aurait une économie des trois quarts au moins à y laver mon linge; mais tu as mis dans ta tête de laver à la rivière exprès pour me contrarier.

— De quoi! dit Françoise, vous en reparlez encore de votre fontaine savonneuse, qui est à une grande lieue d'ici : faut t'y que vous ayez pas d'entrailles pour vouloir que j'aille porter votre linge sur mon dos à une lieue de la maison et de le rapporter mouillé, que c'est lourd à écraser un âne, quand la rivière est là tout près, sous prétexte d'économiser vingt sous de savon par an?

— Vingt sous! malheureuse, vingt sous! je parie que ton gaspillage me coûte au moins vingt francs par an!

Françoise mit bas sa charge, et se tenant les côtes, elle se livra à la plus grotesque hilarité qui se puisse imaginer.

— Vingt francs! vingt francs! ah! Dieu du ciel! vingt francs par an! exclamait-elle entre deux accès d'un rire immense qui menaçait de se prolonger indéfiniment.

— Par tous les saints du paradis! te tairas-tu, stupide paresseuse, s'écria Plumart en furie.

— Oui, notre maître; mais vous êtes drôle, voyez-vous, avec vos vingt francs par an, puisqu'en tout, depuis le premier janvier jusqu'à la Saint-Sylvestre, je n'en payons pas pour douze francs de savon!

— C'est bon, reprit Plumart à bout d'argumens, fais à ta tête, ma fille, *fais à ta tête, mais il viendra un moment où je ferai à la mienne.*

— Ah! v'là le refrain final, murmura Françoise, c'est pas tant pis!

Et reprenant son panier de linge mouillé qu'elle enleva comme une paille, elle laissa Plumart digérer seul ce qui lui restait de colère.

Pendant que cette scène se passait entre la Françoise et son maître, Lucien et Eugène Mériel s'élançaient sur la route d'Héricourt dans un léger cabriolet traîné par un vigoureux cheval, et à midi ils se trouvaient en face du parc de M. Scot, au moment même où celui-ci en sortait avec sa femme, Maurice, Jeanne et Louise, dans un élégant char-à-bancs, traîné par deux magnifiques chevaux bais.

— Eugène, dit Lucien à Mériel, quand, après avoir salué, ils furent à quelque distance, as-tu remarqué dans le char-à-bancs la charmante figure de cette jeune fille assise au fond à droite?

— Oui, dit Eugène, il y avait là deux bien jolies femmes et une charmante jeune fille.

— Connais-tu cette société?

—Parfaitement : le vieillard et la dame brune sont M. et Mme Scot, les propriétaires du château d'Héricourt, dont tu vois le splendide parc; ils sont énormément riches. Les autres personnes sont M. Maurice, sa femme et sa fille, je les ai vus déjà à la dernière fête de saint Mellon, la jeune fille s'appelle Louise; tu vois que je suis bien informé. C'est une famille très aisée, et adorée dans le pays où elle fait beaucoup de bien.

— Que cette jeune fille est donc jolie, Mériel, j'aime beaucoup le nom de Louise, c'est doux, c'est mélodieux!

—Diable! mon garçon, voilà une jeune fille qui pourrait te mener loin, si le hasard, ce grand maître des choses humaines, vous fait jamais rencontrer.

— Le hasard n'est pas le grand maître des choses humaines, mon ami.

— Dispute de mots, mon cher; le hasard s'appelle aujourd'hui la Saint-Mellon, demain il s'appellera d'un autre nom, mais qu'importe au fond, c'est toujours le hasard.

— Eugène! dit Lucien qui n'avait pas écouté cette réplique.

— Quoi?

— Pense-tu que Mlle Louise dansera au bal champêtre, tantôt?

— Ma foi oui, puisqu'elle y dansait l'année dernière.

— Ne me fais pas trop concurrence, mon ami; je voudrais danser autant de quadrilles que faire se pourra avec elle.

— Sois tranquille, je ne prends pas feu aussi vite que

toi ; je ne te ferai pas concurrence. Mais arrête donc le cheval, nous voilà arrivés. Voilà l'hôtel.

AU GRANT
SAIN
LORENT.

Telle était l'enseigne de la modeste et unique auberge du village qu'Eugène avait ironiquement décorée du nom d'*hôtel*, et dont nous avons reproduit fidèlement l'écriteau, tant pour la disposition des caractères que pour son incroyable orthographe. Cet écriteau était figuré en tête d'une énorme plaque de tôle suspendue à une branche de fer placée transversalement. Au dessous se trouvait un personnage que l'on reconnaissait immédiatement pour un saint, à l'auréole qui entourait sa tête, auréole qui ressemblait à une comète tant elle était échevelée. La couleur rouge, obtenue avec une forte détrempe d'ocre, dominait exclusivement dans le détail du tableau ; seulement, on pouvait croire que l'artiste avait épuisé, dans l'exécution de cette partie de son œuvre, tout ce qui s'était trouvé de rouge sur sa palette, car le gril et le foyer ardent, son indispensable accessoire, étaient d'un jaune serin. Quant au saint, il était bleu de visage, bleu de cheveux, bleu de vêtemens, bleu partout, bleu toujours ; puis, comme la pluie et le soleil avaient, dans leur action alternative, mêlé, brouillé, confondu le rouge de l'auréole, le bleu du saint personnage et le jaune du gril et des tisons, il en était résulté un mélange bizarre faisant une véritable énigme du sujet représenté sur cette enseigne, n'eussent été l'écriteau et le gril qui étaient restés, l'une parfaitement lisible, l'autre parfaitement visible. Au reste, cette peinture grotesque était l'œuvre du père Tacheux, peintre aussi habile qu'intrépide et infatigable musicien *à vent*.

Ce jour-là le Grand-Saint-Laurent ne pouvait contenir tous les hôtes venus à pied, à cheval et en voiture pour prendre part à la fête. Aussi la grange avait été transformée en salle à manger, et la laiterie en café. De triples rangs de broches étagées les unes sur les autres et garnies d'énormes morceaux de grosses viandes tournaient devant d'immenses foyers improvisés en plein air dans la basse-cour, la vaste cuisine se trouvant insuffisante pour préparer l'immense festin destiné à rassasier plus de cent personnes dont la moitié au moins était déjà affamée. Les pots de cidre circulaient, les consommateurs les plus empressés criaient, les autres frappaient sur les tables à grands coups de poings, et même, selon l'usage du paysan, à grands coups de bâton, pour stimuler l'activité maladroite d'une foule de serviteurs mâles et femelles enrôlés pour la fête seulement au service de la mère Patin, souveraine maîtresse et propriétaire du Grand-Saint-Laurent.

Lucien et Eugène, après avoir obtenu, non sans peine, une place et une botte de foin pour le cheval, car il y avait aussi foule à l'écurie, s'informèrent de l'heure à laquelle le bal commencerait.

— Je crois que c'est à quatre heures, répondit un vieux paysan ; mais, pour être plus sûr, adressez-vous à l'orchestre, il est là dans la petite salle *à* la mère Patin.

Les deux jeunes gens pénétrèrent, sur cette indication, dans la petite salle *à* la mère Patin, et trouvèrent là l'orchestre, c'est-à-dire Nicolas Lauvray, sabottier, âgé de cinquante-cinq ans à peu près, premier violon ; Philippe Lauriol, dit le Gascon, tailleur d'habits, second violon, qui comptait à peine trente ans ; Jacques Lecoq, maçon, qui en avait trente-cinq, flûte, et enfin notre connaissance, le père Tacheux (Jérôme-Symphorien), peintre en bâtimens et vitrier, âgé de soixante-six ans, clarinette et chef de la compagnie, tous braves et honnêtes gens sans ambition, à l'exemption toutefois de la flûte qui avait rêvé et rêvait peut-être encore l'emploi de maître-chantre de la paroisse.

Ils étaient attablés autour d'un pôt de cidre, la figure épanouie et chuchottant à voix basse de leur bonne fortune du matin, c'est-à-dire de la pièce de vingt francs si généreusement donnée par M. Scot au fidèle Tacheux.

— Messieurs, dit sérieusement Mériel, c'est à l'orchestre de Saint-Mellon que j'ai l'honneur de parler ?

— Oui, monsieur, répondit Tacheux.

— Alors, mon ami et moi nous pouvons savoir l'heure exacte à laquelle le bal doit commencer.

— Après les vêpres, Messieurs, *viron*, sur les trois heures et demie quatre heures.

— Et où se tiendra-t-il, s'il vous plaît ?

— Dans le parc du château, tout le monde vous indiquera le chemin.

— Merci, permettez-moi maintenant de vous payer d'avance mon entrée de bal et celle de monsieur, dit Mériel, en désignant Lucien, et il déposa deux pièces de cinq francs sur la table.

Laissant les artistes se confondre en remerciemens, les deux jeunes gens sortirent pour régler l'emploi de leur temps jusqu'à l'ouverture du fameux bal.

— Ma foi, dit le premier violon, aussitôt qu'ils furent sortis, voilà de petits messieurs bien élevés et si ça continue de cette façon, nous aurons une fameuse somme à partager ce soir.

— Dites donc, père Tacheux, demanda le second violon, savez vous si monsieur Maurice et sa famille vont venir au bal tantôt ?

— Mais sans doute qu'ils vont venir, puisque la pièce de vingt francs que M. Scot m'a donnée, est pour payer l'entrée de Mlle Louise et que tu sais bien qu'hier soir, M. Maurice nous avait déjà donné cinq francs pour ça vlà déjà deux fois que tu me fais la même question et deux fois que je te réponds la même chose.

— Oui, mais c'est que je voulais être bien sûr de cela.

— Pourquoi donc que tu voulais en être sisûr ? dit la flûte.

— C'est que... mais promettez-moi de ne pas parler de ce que je vas vous dire.

Personne ne répondit, mais tout le monde écouta, car le silence de ceux auxquels Philippe Lauriol, dit le Gascon, demandait une promesse de discrétion, ne l'arrêta pas, selon l'usage.

— Voilà, dit-il, il y a un mossieu qui m'a rencontré tantôt et qui m'a chargé d'une commission pour Mlle Louise, en me recommandant de faire tout mon possible pour que personne ne s'en aperçoive.

— Et tu le dis ! observa le premier violon ; on voit bien que t'es pas du pays, et quoique tu y demeures depuis plus de dix ans, t'es toujours resté Gascon.

— Au fait, dit l'honnête Tacheux, en te chargeant d'une commission secrète pour une jeunesse comme Mlle Louise, t'as pas bien agi, Philippe ; en le disant, t'agis pas bien encore.

— Vous autres, Normands, il n'y a personne de si méfiant que vous, répliqua le Gascon ; mais pour couper court à toutes vos suppositions, je vous dirai que le mossieu qui m'a donné cette commission est un homme dans quarante à quarante-cinq ans à peu près, et il me semble qu'un homme dans cet âge-là peut bien avoir quelque chose à dire à une jeunesse comme Mlle Louise sans qu'on en tire des conséquences, père Tacheux ; quant à ce qui est de vous en avoir parlé, c'est que le mossieu m'a donné quinze francs pour ma peine, que ces quinze francs me pesaient sur la conscience, et que je les dépose pour la société.

—Tu pouvais, répliqua l'intraitable Tacheux, déposer les quinze francs pour la société sans dire d'où ils te venaient et garder ton secret ; mais maintenant que nous savons d'où ils viennent, nous n'en voulons pas ; est-ce pas vrai vous autres ?

— Oui ! oui ! père Tacheux, dirent les deux autres compères.

—Ah ! ça, reprit l'infortuné second violon, expliquez-moi, vu l'âge du mossieu, le mal que j'ai fait.

—C'est facile, répondit l'honnête clarinette : Mlle Louise

a père et mère et elle est trop jeune pour recevoir des lettres arrière d'eux, même de messieurs dans des âges de quarante à quarante-cinq ans, car je gagerais que c'est une lettre que tu t'es chargé de lui remettre.

— C'est la vérité, c'est une lettre et la voilà; vous voyez qu'elle est toute petite, père Tacheux.

—Toute petite... fais donc pas la bête, Philippe, tu sais bien qu'on en dit long dans une petite lettre, surtout quand on paye quinze francs pour le port.

— Que faut-il faire donc?

— Il faut la remettre au mossieu avec son argent.

— Et si je ne le vois pas?

— Il faut donner l'argent aux pauvres honteux et porter la lettre à M. Maurice.

— Merci, père Tacheux; vous êtes plus ancien que moi, vous êtes le chef d'orchestre, c'est vous qui donnez la mesure; je ferai ce que vous venez de me dire.

— Et tu feras bien. Mais, ajouta Tacheux, voilà qu'*il tire sur une heure*, les vêpres vont bientôt sonner, il faut aller apprêter nos bouquets, nous les attacher proprement à nos boutonnières; et nous irons ensuite jouer un air devant la maison de maître Jérôme Parisot, notre maire, puis ensuite devant le presbytère.

Et l'orchestre sortit.

VI.

Quatre heures arrivèrent enfin et la foule, précédée de la musique enrubanée et fleurie prit le chemin du parc.

L'emplacement était parfaitement choisi : une espèce de tribune élevée de quelques pieds au dessus du sol et adossée à un arbre avait été dressée pour les musiciens qui s'en emparèrent. Les jeunes gens invitèrent les jeunes filles et le bal commença.

Lucien et Eugène, arrivés avant la foule, aperçurent bientôt M. Scot donnant le bras à Jeanne, Maurice donnant le sien à Marguerite, et Louise qui les devançait de quelques pas.

— Oh! quelle charmante créature, Eugène, dit avec enthousiasme Lucien, qui la cherchait des yeux et venait de l'apercevoir.

— Mais, mon pauvre garçon, répondit son ami, je ne te comprends pas, toi, un étudiant de Paris et un étudiant en médecine encore, tu prends feu à la première vue, comme si tu n'avais jamais rencontré de jolies filles de ta vie.

— Ces impressions-là ne tombent pas sous le domaine du raisonnement, Eugène.

— Je m'en aperçois bien, car autrement... Mais laissons là la métaphysique sentimentale et va bien vite faire ton invitation, à la maman d'abord, et à la petite ensuite.... va donc!

Mais Lucien, qui, pour la première fois, se sentait sous l'empire de ce charme mystérieux qu'inspire la femme que l'on doit bientôt aimer, hésitait, se troublait et n'osait.

Eugène employa alors en sa faveur un moyen héroïque: il s'élança et fit l'invitation pour son propre compte. Lucien, ne comprenant rien à ce procédé, en fut très piqué, et, après le premier quadrille, excité par un petit mouvement de rivalité, il fit sans plus balancer son invitation pour le suivant, invitation qui fut, bien entendu, acceptée comme l'avait été celle de son ami. Celui-ci lui dit alors rapidement et à demi-voix :

— Je savais bien que je trouverais le moyen de te donner de la hardiesse.

— Merci, répondit Lucien, mais je n'avais pas compris d'abord.

— C'est bien là-dessus que j'avais compté, cher docteur en herbe.

Lucien, enhardi, ne se fit faute de renouveler ses invitations; mais, entraîné par l'action de la danse, troublé par le contact de la main de Louise, que les exigences chorégraphiques lui donnèrent occasion de sentir à plusieurs reprises dans la sienne, il perdit complètement la tête et s'y prit si bien que ceux qui veillaient la jeune fille du regard s'aperçurent, avant elle, du sentiment que la charmante créature avait inspiré au beau danseur.

Nous disons un beau danseur, car Lucien était réellement ce qu'on appelle un joli garçon, ayant surtout dans ses manières un cachet de distinction qui l'aurait fait remarquer partout ailleurs qu'au bal champêtre d'Héricourt.

— Maurice, dit à voix basse Jeanne à son mari, voilà un jeune homme sur lequel notre Louise fait évidemment une sérieuse impression; observe Marguerite et ne t'occupe pas de la danse, je veillerai pour nous deux.

A peine Jeanne avait-elle fait cette observation et cette recommandation à son mari, que M. Scot, s'approchant d'elle, lui dit confidentiellement :

— Ma foi, ma belle amie, je ne croyais pas être si bon prophète ce matin en disant que Louise ferait des conquêtes au bal : voilà un jeune cavalier, et il désignait Lucien, dont le cœur me fait l'effet de rendre les armes à notre petite fille.

— Vous croyez, mon bon ami?

— Parbleu, Jeanne, si je le crois; certes, votre amour-propre maternel, légèrement flatté, fait ici le modeste. Fi donc! avec moi, ma belle amie, c'est trop de réserve.

— Avec vous, vous savez bien que je suis toujours franche. Je vous avouerai donc que je faisais à part moi, il n'y a qu'un instant, la même remarque que vous. Connaissez-vous ce jeune homme?

— Je n'en connais rien de plus, sinon que nous l'avons croisé ce matin au moment où nous sortions du parc; ils étaient deux dans un cabriolet, lui et son ami, qui a le premier fait danser Louise et que j'aperçois là bas; ils venaient évidemment de Cany : vous voyez que je n'en sais pas plus que vous, mais si vous y tenez il y a ici plusieurs personnes de ma connaissance, et dans le nombre c'est bien miracle s'il ne s'en rencontre une qui puisse nous fournir les détails biographiques que nous ignorons, si toutefois vous y tenez.

— Faites, mon ami, je le veux bien.

— Vous serez satisfaite, je vais me mettre à l'œuvre.

Après le cinquième quadrille dansé avec Louise, Eugène dit à Lucien :

— Diable, mon cher, le plus difficile avec toi, il paraît, que c'est le commencement, tu n'osais pas d'abord, à présent tu oses trop, mais sérieusement c'est assez, une autre invitation serait ridicule.

— Tu as raison, répondit avec soumission l'amoureux élève d'Esculape.

De son côté, Jeanne disait à Louise :

— Assez dansé comme cela, ma petite fille, te voilà toute échauffée, remets ton châle et prends garde de te refroidir.

Maurice se rapprocha alors de sa femme.

— Eh bien? lui dit-elle.

— Elle n'a pas perdu un seul geste, pas un seul mouvement des deux danseurs; sa figure était sinistre, ses yeux ressemblaient à ceux d'une vipère.

— Oh! Maurice!

— Que veux-tu? je dis ce que je vois; et puis cette femme, je ne puis la souffrir: c'est le mauvais génie de notre pauvre enfant; ne la perds pas de vue ce soir, Jeanne.

— Sois tranquille et n'exagère rien.

Un instant après, M. Scot revint et dit à ses invités, en consultant sa femme du regard :

— Si vous m'en croyez, mes amis, nous allons faire une petite promenade autour de la pièce d'eau et nous rentrerons. Cela va nous prendre une demi-heure; il est cinq heures et demie, nous arriverons juste pour dîner.

— Très volontiers! très volontiers pour mon compte! dit Marguerite avec empressement.

Jeanne et Maurice donnèrent leur assentiment, et o

quitta le bal dans le même ordre qu'on y était arrivé, avec cette seule différence que Louise suivait au lieu de précéder.

Quand on fut à dix pas environ des groupes qui faisaient cercle autour de l'espace réservé aux danseurs, la jeune fille se détourna pour jeter un dernier coup d'œil sur la fête, sans doute; mais le hasard, ce *grand maître des choses humaines*, d'après Eugène, fit qu'au moment où elle tournait la tête, ses yeux rencontrèrent ceux de son danseur, qui n'avait pas cessé un seul instant de s'enivrer de sa vue. Ce fut l'affaire d'une minute, mais assez cependant pour que, dans ce rapide intervalle, elle sentît que quelque chose d'inconnu jusque-là pour elle pénétrait son être. L'éclair si doux du regard de Lucien, de ce jeune homme qu'elle voyait pour la première fois, dont elle ne savait pas même le nom, cet éclair l'avait pénétrée, et, sous son rayonnement rapide comme la pensée, son cœur s'était épanoui et palpitait encore d'une étrange félicité. Rêveuse cette fois, mais de cette rêverie doucement inquiète qui précède l'amour prêt à naître, elle s'éloignait, en soupirant involontairement, de cet obscur théâtre où le plus enchanté des horizons de la vie venait de s'ouvrir pour elle et ravissait son âme de ses mystérieux aspects!

Pendant que Louise éprouvait, sans pouvoir s'en rendre compte, des impressions si nouvelles pour son cœur, M. Scot disait à Jeanne :

— Ces gens des petites villes sont vraiment comiques; quand on leur demande seulement le nom d'un de leurs concitoyens, ils vous font immédiatement son histoire. J'ai abordé un vieux rentier de Cany, que je connais depuis deux ans pour lui avoir acheté un hectare ou deux de terre qui bornaient mon parc, et, après les banalités d'usage, je lui ai parlé de la fête, du grand nombre d'habitans de Cany qui s'y rencontraient; enfin, appelant son attention sur le beau danseur de votre Louise, je lui ai demandé si, lui aussi, était de Cany. A peine avais-je posé cette seule et unique question, que mon bavard s'est mis à jaser comme un vrai portier, sans que je puisse l'arrêter ni placer une parole. Il m'a dit en substance, car je vous fais grâce d'une reproduction fidèle de son verbiage, que ce jeune homme s'appelait Lucien Coursel, qu'il était neveu du côté maternel d'un M. Plumart, avare émérite que j'ai vu bien souvent et dont la vie est remplie de traits que Molière n'aurait pas négligés si le susdit Plumart eût vécu de son temps; que ce M. Lucien Coursel, qui avait de vingt-cinq à vingt-six ans, allait se faire recevoir docteur-médecin au mois de novembre prochain; qu'il était personnellement possesseur d'une fortune de quatre à cinq mille francs de rente; mais que le *vieux Plumart* lui laisserait en mourant des sommes *conséquentes*; que c'était un jeune homme *rangé*.

—Je vous préviens, ma chère Jeanne, que cette épithète employée en très bonne intention en faveur de quelqu'un dans une petite ville est presque toujours synonyme *d'idiot* pour les gens qui y regardent de près. Cependant ici nous devons la prendre dans son acception purement grammaticale, le type intellectuel de la tête et du visage de notre beau danseur ne permettant pas la moindre hésitation à cet égard. Enfin mon rentier, menaçant d'accompagner ses renseignemens de commentaires à l'usage des oisifs et des imbéciles, j'ai coupé dans le vif et me voilà. Mon homme parle encore, peut être, mais je suis bien sûr au moins que je ne l'entends plus.

— Merci, mon ami, dit Jeanne, laissons maintenant aller les choses, je ferai jaser un peu ma Louise, qui était toute rêveuse ce matin, et la pauvre petite ne me cachera pas longtemps son secret, si toutefois elle en a un.

— Voulez-vous que je la taquine un peu ce soir?

Jeanne réfléchit un instant.

— Ma foi, je le veux bien, dit-elle.

— Cette chère enfant, reprit M. Scot, nous voilà pourtant, nous ses meilleurs amis, conspirant pour savoir ce qui se passe au fond de son jeune cœur.

— C'est précisément parce que son cœur est jeune, mon digne ami, observa Jeanne, que nous ne pouvons pas la laisser le conduire seule, il lui échapperait.

Pendant que ce dialogue avait lieu entre Mme Scot et Jeanne, un autre était engagé entre Mme Scot et Maurice, dont Louise et son danseur étaient également le sujet.

— Mon cher Maurice, disait Marguerite de sa voix la la plus câline, je ne saurai jamais reconnaître les soins de toute nature, dont Jeanne entoure ma fille, elle a vraiment pour elle un cœur maternel; certes Louise a deux mères. Ainsi, par exemple, j'admirais il n'y a qu'un instant comme elle surveillait du regard les attentions exagérées, les prévenances, vraiment ridicules de ce sot mirliflor, espèce de beau de village qui la faisait danser. Seulement à cette occasion je vous avouerai avec la franchise que vous me connaissez, que la bonne Jeanne n'aurait peut-être pas dû accorder à ce monsieur, quatre ou cinq contredanses, car, à une seule exception près, Louise n'a dansé qu'avec lui.

— Quel inconvénient y voyez-vous, belle dame? répondit Maurice, qui se sentait en veine de diplomatie.

— J'en vois beaucoup, mon ami, et sa voix prenait un certain timbre de tendresse et elle pesait légèrement sur le bras de son interlocuteur, auquel cette pression fit dabord perdre intérieurement un peu de son aplomb; nous sommes si faibles!

— Pourtant, reprit-il après une pause, rien de si simple et qui ne se voie tous les jours. Louise est charmante, elle a quinze ans; sa beauté aura fait tourner la tête à ce jeune homme, ça s'est vu de tout temps. L'amour est de ce monde et il tient une grande place dans la vie.

— Oui, répondit avec une inflexion de mélancolie très bien jouée l'épouse de M. Scot, j'en ai fait la triste expérience.

— Combien je suis fâché que la pente de notre entretien ait amené sur mes lèvres des paroles qui vous rappellent le triste souvenir d'un lâche abandon; je vous prie, chère madame, de me pardonner cette faute bien involontaire.

Maurice venait de faire un coup de maître en parlant d'un *lâche abandon*. Il y avait en effet dans ces mots un piége habilement tendu dans lequel Marguerite tomba, non par défaut d'habileté, mais parce qu'elle vivait dans le mensonge, et que, comme tous ceux qui s'engagent dans ces voies maudites, elle devait s'y perdre un jour, toute armée qu'elle était de la tête aux pieds de ruse et de duplicité.

— Oui, cher Maurice, répondit-elle vivement; ce fut un *abandon bien lâche*. Mais laissons ce triste épisode de ma vie sur lequel je n'ai plus de larmes à répandre, et parlons de notre chère Louise : il faut, mon ami, éloigner avec soin tout ce qui pourrait troubler le cœur de cette chère enfant, la renfermer doucement et sans qu'elle s'en aperçoive dans le cercle étroit de la famille, la tenir entre nous seulement, Maurice, car autrement sa beauté, don trop souvent fatal pour les pauvres femmes (et elle soupira) attirera sur ses pas une foule d'adorateurs, son cœur se laissera prendre au profit du moins digne peut-être, et de là une foule de chagrins pour elle et pour nous.

— Louise a deux mères, vous l'avez dit, chère madame, de plus elle a en moi, je vous le jure, un véritable père; soyez donc tranquille, et ne cachons pas notre belle fleur aux yeux du monde.

— Non, Maurice, non, je ne serais pas tranquille; ainsi mon ami, mon intention d'ailleurs, et je désire bien vivement que ce soit la vôtre et celle de Jeanne, mon intention est de ne pas consentir à marier Louise avant sept à huit ans encore, ne la montrons donc pas trop afin de ne pas rencontrer d'obstacles à ce projet.

C'est là où je vous attendais, excellent cœur, pensa Maurice : marier Louise, cela aurait de certains inconvéniens pour votre secret; vous la marierez donc dans sept ou huit ans, c'est un terme cela! après on verra. M. Scot sera peut-être mort, et puis, que sait-on ce que le temps nous garde? Quant au bonheur de Louise, fi! donc, qu'est-ce que c'est que cela en comparaison de votre sécurité? Avant tout, il ne faut pas risquer de perdre la bonne opinion que le monde a conçue de vous, de votre vertu, de votre angélique dévouement à votre vieux mari. Oh! je vous comprends à merveille, madame.

— Eh bien! mon ami, vous ne me dites rien : n'êtes-vous pas de mon opinion? n'est-il pas n... z tôt de marier une jeune fille quand elle entre dans sa vingt-deuxième ou même dans sa vingt-troisième année? n'est-ce pas l'âge raisonnable pour le mariage? Je sais que Jeanne n'était encore qu'une enfant quand vous l'épousâtes, et que vous êtes un couple modèle ; mais ne prenons jamais, mon ami, l'exception pour la règle, puisqu'on enseigne partout que loin de la contredire elle la confirme.

— Mais, chère madame, répondit Maurice échappant par la tangente, sans craindre une réplique, parce qu'on arrivait, je crois vraiment que nous nous hâtons bien en traitant en ce moment la question du mariage de Louise et que le prétexte qui nous la fait soulever est d'une futilité...

— Maurice! Maurice! dit M. Scot qui se rapprochait, voyez-vous Louise?

— Me voilà! me voilà! cria la petite voix encore enfantine de Louise, j'avais pris par distraction l'allée de droite; mais j'ai couru et me voilà.

VII.

Un instant après que le dîner fut commencé, lorsque chacun eut satisfait silencieusement au premier appétit, M. Scot ouvrit le feu contre Louise.

— Eh bien! ma petite Louise, dit-il en donnant un ton légèrement inquisitorial à sa voix, il me semble que tu as fait une conquête au bal?

La jeune fille rougit énormément.

— Comment donc, ma chérie, dit Jeanne, venant en aide à son allié, est-ce que tu ne connais pas le proverbe : *Qui ne dit mot consent*? Prends garde qu'en ne répondant pas à M. Scot, nous n'allions croire que tu lui donnes raison.

— Mais, petite mère, ce n'est pas ma faute, répondit Louise naïvement et toute troublée.

— Mon enfant, reprit Jeanne, on ne te fait pas de reproches.

— Seulement, observa Marguerite, il serait mal d'y penser plus longtemps, Louise.

— Ah! oui, ce serait mal, dit le pauvre vieux mari, qui abdiquait ordinairement toute idée personnelle aussitôt qu'il s'apercevait qu'elle n'était pas du goût de sa chère moitié, *la fête passée adieu le saint.*

— Je pense absolument comme vous, mon ami, reprit l'excellente femme de M. Scot, et *ma petite Louise* est trop raisonnable pour prendre un seul instant à la lettre les empressemens exagérés d'un étranger que personne ne connaît, qui, bien évidemment, n'y attachait pas lui-même d'importance et n'y pense plus en ce moment. N'est-ce pas vrai, Jeanne?

— Qu'il y pense ou non, cela importe peu, Marguerite, répondit Jeanne; mais je crois, que faire des empressemens de ce jeune homme auprès de Louise le texte d'un entretien sérieux, quand ils ne comportent qu'une légère plaisanterie, ce serait persuader à notre enfant que nous y attachons nous-mêmes une importance qui est loin de notre pensée.

— Sans doute, remarqua Maurice à son tour, nous avons voulu seulement tourmenter un instant notre petite fille; mais rassure-toi, chère enfant, c'est fini.

Jeanne était de cet avis, et si elle n'avait voulu profiter de l'occasion pour forcer Marguerite à se découvrir, elle se serait empressée de détourner M. Scot de son projet de taquiner Louise, au lieu de l'approuver, sachant fort bien avec son tact habituel, que c'était précisément le moyen d'entretenir chez la jeune fille l'impression que le beau danseur avait faite sur elle, impression qui n'avait point échappé à sa pénétration féminine. Mais maintenant qu'elle savait de la pensée intime de Marguerite tout ce qu'elle en avait désiré savoir, elle était bien aise que la conversation prît un autre cours.

De son côté, M. Scot, en mari docile et bien appris, s'apercevant que sa plaisanterie déplaisait à sa femme, se garda bien d'en renouer le fil, si brusquement rompu, de manière que, par une sorte d'accord tacite, on parla d'autres choses, et qu'il ne fut plus question du bal et de la conquête de la pauvre Louise.

On sortit de table, et malgré l'envie qu'avait M. Scot de donner un dernier coup d'œil à la danse, pensant instinctivement et avec raison que Marguerite ne désirait point faire de nouvelle promenade, on passa le reste de la soirée à remuer des cartes, et à dix heures on se sépara.

VIII.

Au moment où Maurice, Jeanne et Louise sortaient du parc, la fête venait de finir. Ils se trouvèrent donc mêlés à la foule, et dans cette foule l'œil attentif de Jeanne distingua facilement Lucien, qui avait attendu inutilement le retour de sa charmante danseuse et qui venait de l'apercevoir en même temps qu'il était aperçu de Jeanne. Louise s'appuyait alors sur le bras de Maurice. Cherchait-elle Lucien dans les groupes nombreux qui se retiraient? Nous ne savons; mais toujours est-il que, par hasard sans doute, en promenant ses regards autour d'elle, ses yeux rencontrèrent tout-à-coup les yeux du jeune homme fixés sur elle; alors les siens prirent aussitôt, à son insu, nous voulons le croire, une si douce expression, que le pauvre Lucien, transporté, resta cloué à sa place, comme s'il eût vu le ciel ouvert, et y demeura jusqu'à ce que la chère apparition eut disparu dans la partie du parc que les lumières douteuses de la fête expirante n'éclairaient plus qu'à peine.

Revenu de son extase, le cœur inondé de bonheur, il retomba enfin sur la terre, et regagna d'un pas immodéré l'auberge du *Grand Saint-Laurent*, où son ami l'attendait en maugréant. Il y avait bien de quoi, car le cheval était attelé depuis longtemps, et si les amoureux ont le privilége de prendre quelquefois les heures pour des minutes, les simples mortels qui attendent prennent facilement les minutes pour des heures.

— Que je me donne au diable, dit Mériel à Lucien, du plus loin qu'il l'aperçut, si je voyage désormais avec des amoureux; voilà *une heure et demie* que je suis là, tenant mon cheval par la bride, comptant à chaque moment te voir enfin arriver.

— Est-ce possible que tu m'attendes depuis *une heure et demie*? répondit Lucien; évidemment, tu commets une hyperbole, tu sais : *l'hyperbole à longues échasses*!

— Si c'est possible! Vraiment, le mot est joli; comme si je n'avais pas ma montre, que j'ai bien consultée vingt fois au moins!

— Puisque tu l'affirmes, Eugène, n'en parlons plus.

— Comment, *n'en parlons plus*! mais parlons-en, au contraire... Ma foi, mon cher Lucien, il faut convenir que le hasard me sert mal, moi, aujourd'hui au moins. Je pars ce matin avec un garçon plein de bon sens, pas plus amoureux que monsieur son oncle, le révérend Plumart (Jacques Mathurin) : deux heures après, tout est changé; mon garçon plein de bon sens est devenu fou à lier, et cela, parce que nous avons rencontré un char-à-bancs dans lequel se trouvait une jeune fille, fort jolie, j'en conviens, mais enfin que mon homme apercevait pour la première fois! Il danse avec cette jeune fille au son d'une musique enragée, et finit par perdre la tête au point de n'avoir plus conscience de la mesure du temps!... En vérité, de pareilles *impressions de voyage* sont fabuleuses. Mais dire que c'est sur moi, pauvre innocent, sur lequel tombent les conséquences les plus tristes de tout cela; c'est à maudire sa destinée!

— Ah ! mon ami, dit Lucien, qui n'avait pas entendu un mot des doléances comiques de Mériel, si tu savais comme elle m'a regardé !

— Comment, c'est ainsi que tu m'écoutes, c'est ainsi que tu t'exécutes ?

— Ah ! cher ami, je suis presque sûr qu'elle m'aime !

— Allons, il n'y a pas moyen de faire autrement, pensa Mériel, il faut lui parler de sa folie si je ne veux être condamné à un perpétuel monologue ou au silence le plus absolu, ce qui revient à peu près au même.

— Eh ! bien, mon ami, *elle* est donc revenue à ce bal ?

— Non, mon ami.

— Alors, pourquoi cet air de béatitude et d'épanouissement?

— C'est que tout à l'heure, à l'instant même, comme elle sortait du château avec son père et sa mère, je l'ai aperçue, qu'elle m'a vu aussi, que nos yeux se sont encore rencontrés ! Ah ! sois en sûr, Eugène, je n'exagère rien, mais j'ai lu dans les siens mon bonheur, comme elle a lu dans les miens mon amour !

— Et après ?

— Après quoi ?

— C'est tout ?

— Malheureux ! mais que veux-tu donc de plus, est-ce que tu n'entends pas qu'il y a une musique céleste qui chante dans mon cœur ses plus ineffables mélodies ?

— Ma foi, je n'entends rien, dit Mériel après avoir pris ironiquement l'attitude de quelqu'un qui prête l'oreille pour mieux percevoir.

— Je te plains beaucoup, Eugène, dit superbement l'amoureux Lucien en voyant cette pantomime.

— Merci, Lucien, tu as le cœur bon, mon garçon. Je le savais bien.

Et il monta dans la voiture en prenant la droite. Lucien monta à son tour et s'empara machinalement des guides.

— Non, non, dit Mériel les lui enlevant de la main, passe pour ce matin ; mais ce soir, j'aime mieux conduire. C'est plus prudent. Pendant que tu es dans la région des étoiles, tu pourrais nous verser sur cette pauvre planète de boue.

— Eugène, ta prose me fait mal, mon ami ; fais m'en grâce, je t'en prie, car j'ai besoin de te parler d'elle à tout propos, partout, toujours ; il faut que tu m'aides, que tu me conseilles, que tu me soutiennes !

— Voilà un cheval, répondit le confident de Lucien, voulant prendre sa revanche et feignant de n'avoir pas entendu son interlocuteur ; voilà un cheval qui marche sur le pied de quatre lieues à l'heure, et cela sans un seul coup de fouet. Quelle bonne bête !

— C'est bien, dit le pauvre Lucien, je ne vois que trop aujourd'hui que mon oncle a raison, quand il dit qu'il n'y a que les imbéciles qui croient aux amis.

— Et Napoléon donc, observa celui qui était l'objet de cette doléance, Napoléon à l'île d'Elbe, je ne dis pas à Sainte-Hélène, Lucien, je dis à l'île d'Elbe...

— Après?

— Eh bien ! Napoléon écrivait à l'île d'Elbe : « Les hommes n'ont pas d'amis, leur fortune seule en a. » Qu'en dis-tu ?

— Napoléon avait raison.

La route d'Héricourt à Cany cotoyant les bords de la Durdan, est une des plus délicieuses de toutes celles qui ont été ouvertes depuis un quart de siècle au fond des charmantes mais, jusqu'alors impraticables petites vallées de la plantureuse Normandie. A l'heure où les deux jeunes gens la parcouraient, la lune venait de se lever et éclairait doucement le paysage de sa lumière recueillie. La voix vibrante et cuivrée du coq de la métairie éclatait de temps en temps dans le silence du soir; une autre voix répondait, puis une autre, puis une autre encore, jusqu'à ce que l'oreille ne distinguât plus que les notes douteuses de la dernière de ces sentinelles vigilantes répondant au signal là bas, dans la ferme lointaine, à l'extrémité des horizons. Les étoiles brillaient dans les tranquilles campagnes du ciel, qu'elles émaillaient comme d'une éclatante poussière d'or, et l'œil distinguait dans les pures profondeurs de l'éther celles de ces filles du firmament que dans les nuits moins transparentes il n'eût pas même soupçonnées.

La calme harmonie de cette belle soirée d'automne avait un charme, une grandeur et une majesté qui auraient déjà arraché plus d'une exclamation à Lucien, si son imagination n'eût été fascinée par l'image de Louise. Mais à cause de cette espèce de mirage intérieur, résultat de l'envahissement d'une idée fixe, cette image enchanteresse s'interposait pour ainsi dire entre lui et cette belle nature qui étalait en vain sous ses yeux toutes ses magnificences; c'est que pour celui qui aime rien n'existe dans l'univers que la femme aimée.

— Ah ! ça, dit malicieusement Eugène après un quart d'heure de silence, a-t-elle autant d'esprit que de beauté?

— Sotte question, répondit son ami, puisque tu l'as vue comme moi.

— Je ne comprends pas du tout, Lucien.

— J'en suis fâché, mon cher, mais je ne puis t'en dire davantage; le jour où tu aimeras une femme comme j'aime Louise, tu comprendras à merveille.

—Attendons, dit Eugène.

Comme le cheval, loin de ralentir sa course, avait pris au contraire, à mesure qu'il approchait du but, une allure de plus en plus folle, les deux amis arrivèrent bientôt au terme de leur petit voyage et se quittèrent à la porte de l'oncle Plumart, non toutefois sans que Mériel n'eût lancé une dernière plaisanterie au pauvre Lucien qui, pour toute réponse, se contenta de hausser les épaules. Les amoureux ont des dédains superbes !

IX.

— Est-ce clair? disait Maurice à Jeanne quand ils furent rentrés et que Louise se fut retirée. N'est-il pas évident que s'il se présentait un parti convenable pour notre chère enfant, sa digne mère ne l'accepterait jamais?

— Il est certain, Maurice, que le mariage de Louise compromettrait singulièrement le secret de Marguerite, car, enfin, pour se marier, il faut un acte de naissance, et sur celui de notre pauvre petite, il y a en toutes lettres : *Fille naturelle de Marguerite Bruce et d'un père inconnu.* Mais on a sonné ; va donc voir, mon ami, car *nos gens*, remarqua la bonne Jeanne en souriant, s'amusent encore.

Maurice sortit, et rentra un instant après accompagné de notre connaissance Philippe Lauriol, dit le *Gascon*, le joueur de flute de l'orchestre d'Héricourt.

— Ah ! ça, disait Maurice, je ne t'ai pas bien compris, mon ami, répète donc en présence de madame ce que tu as voulu me raconter.

— C'est bien simple, M. Maurice, répondit l'artiste. Sur les neuf heures, ce matin, un *mossieu dans quarante à quarante-cinq fans* est venu chez nous, et après m'avoir demandé si je connaissais Mlle Louise, votre fille, il m'a donné quinze francs en me recommandant de lui remettre à elle seule, bien discrètement, une lettre qu'il m'a remise et que j'ai prise parce qu'elle était toute petite, et que le *mossieu* était d'un certain âge. Je la lui aurais fait passer tout de même à Mlle Louise, car faut être juste ; mais comme le père Tacheux est notre chef d'orchestre, que c'est lui qui donne la mesure, je lui ai dit la chose. — Faut pas faire ça, qu'il m'a répondu, le *mossieu* a beau avoir dans quarante à quarante-cinq ans, Mlle Louise est une jeunesse qui a père et mère, et c'est à M. Maurice lui-même qu'il faut remettre cette lettre-là. — Et les quinze francs ! que je lui ai dit.—Les quinze francs, qu'il m'a répondu, tu les rendras au *mossieu* si tu le revois ce soir, si tu ne le revois pas, tu les donneras aux pauvres honteux.

— Je n'ai pas revu le mossieu, je vous apporte la lettre et les quinze francs aussi, parce que ça humiliera moins les pauvres honteux de les recevoir de vous que de moi.

Maurice rompit le cachet de la lettre, elle contenait ces lignes qu'il parcourut avec sa femme.

« Louise,

» Une personne qui a pour vous une profonde affection et que vous connaîtrez quand le moment sera venu, vous donne un conseil qu'elle vous supplie de suivre scrupuleusement. Méfiez-vous en toutes choses de Mme Scot, elle ne vous aime pas, peut-être même a-t-elle pour vous de la haine, ne lui confiez rien de vos projets et de vos sentimens; ne consultez que votre bonne mère et votre excellent père, et ne leur cachez jamais rien. Seulement si vous ne pouvez les détourner d'avoir confiance en la femme que je viens de vous nommer, au moins gardez-vous bien de partager leur illusion à son égard. — Adieu, Louise, un jour vous m'aimerez et me saurez gré de vous avoir mise en garde contre un véritable danger pour vous. »

— Vous êtes un brave garçon, dit ensuite Maurice à Philippe Lauriol.

— Et le père Tacheux aussi, interrompit la flûte.

— Et le père Tacheux aussi. Je donnerai les quinze francs aux pauvres honteux pour vous; mais je veux vous remercier de votre bonne action, c'est pourquoi vous allez accepter cette pièce de vingt francs, que je vous offre pour reconnaître et rendre hommage à votre probité. Échangeons donc, mon ami.

Philippe remit les quinze francs à Maurice, et celui-ci lui passa une belle pièce d'or, qu'il accepta sans scrupule, bien assuré que le terrible père Tacheux ne ferait pas de difficulté cette fois de l'ajouter à la recette, dont le partage allait se faire immédiatement sur la petite table de l'auberge du *Grand Saint-Laurent*.

— Avant de nous quitter, mon ami, je voudrais savoir de toi, dit Maurice, quelle espèce d'homme c'est que le monsieur à la lettre.

— C'est, répondit Philippe, un homme de votre taille, grand, bel homme comme vous, les yeux noirs, brillans comme des tisons. L'accent de mon pays. Il doit être des environs de Bordeaux; je soupçonne qu'il m'aura entendu appeler le *Gascon* à l'auberge du *Grand Saint-Laurent*, où je me rappelle bien l'avoir vu hier soir, quand nous avons été, mes camarades et moi, boire un pot de cidre après la tournée. De plus, il avait les cheveux et la barbe très noirs, le *cuir* très méridional, commençant à grisonner et à se déplumer, habillé en vrai *Mossieu* et n'ayant pas l'air de bouder.

— T'a-t-il fait des questions sur Mlle Louise?

— Un tas; si elle était bien heureuse, si elle voyait souvent M. et Mme Scot, si vous et votre dame vous étiez très liés avec eux; puis il revenait toujours à Mlle Louise, disant qu'il l'avait aperçue, qu'elle était bien jolie, qu'elle avait l'air d'avoir un bon cœur; enfin, il parlait comme un livre. Mais dans tout ce qu'il disait, faut savoir, monsieur et madame, qu'on voyait bien qu'il en parlait comme un père, c'est-à-dire comme un oncle; si bien même qu'avec votre permission, il m'est venu une idée...

— Laquelle? parle sans crainte.

— Dam! sauf votre respect, je me suis dit en moi-même : c'est un oncle, un frère de monsieur ou de madame qui a fait des siennes dans sa jeunesse et qui n'ose pas rentrer dans sa famille; alors il écrit à sa nièce pour la prier de se mettre entre deux... Excusez-moi...

— Tu es tout excusé, mon garçon; nous te remercions de tes renseignemens; mais si tu veux nous obliger, il ne faut parler de tout cela à personne.

Philippe rougit.

— Tu as donc déjà causé?

— De ce que je viens de vous dire, non : et comme ma femme n'était pas là à la maison quand le *mossieu* est venu et que depuis je n'ai pas eu, fort heureusement, le temps de lui en causer, vous pouvez compter que personne n'en saura jamais rien. Mais pour la lettre, dam, j'en ai parlé au père Tacheux, comme j'ai eu *celui* de vous en faire part, et ça en présence des camarades encore.

— Tu prieras toujours les camarades de n'en rien dire; mais l'important est que tu te taises pour le reste. Adieu, mon garçon. Si quelquefois tu as besoin de moi, ne m'épargne pas.

Et Philippe se retira en remerciant Maurice sans trop de gaucherie et sans trop d'aplomb. En sa qualité de Gascon, c'était le plus maniéré des musiciens d'Héricourt. Les méridionaux ont, même dans les classes les plus humbles, une souplesse, une facilité de manières qui tiennent à la race et qui ne se rencontrent pas chez les populations des autres parties de la France.

— Comprends-tu quelque chose à cette mystérieuse lettre et à son mystérieux auteur? dit Maurice à sa femme aussitôt qu'ils furent seuls.

— Je cherche et ne rencontre qu'un vague soupçon, répondit Jeanne.

— Dis-moi, en quels termes Marguerite t'a-t-elle parlé dans le temps du père de Louise?

— Mais en de très bons termes; elle l'aurait, s'il faut l'en croire, aimé comme on n'aime plus. Ce sont ses expressions. Elle avait cédé à un mouvement d'entraînement comme une pauvre enfant qui n'avait plus de mère. Sur ces entrefaites, son père était mort, ignorant son amour et sa faute, et lorsque, quelque temps après, cette faute allait être réparée par un mariage, le père de son enfant aurait été enlevé lui même six mois après la mort de M. Bruce. Mais je t'ai déjà raconté cette histoire au moins dix fois.

— Oui, mais je tenais à l'entendre une fois de plus.

— Pourquoi?

— Dans la crainte d'être trompé par ma mémoire.

— Mais pourquoi, enfin?

— Parce que ce soir même j'ai acquis la preuve que cette histoire n'était qu'un conte.

— Qui t'a fourni cette preuve, Maurice?

— Marguerite elle-même; Marguerite qui, comme tous ceux qui bâtissent sur le mensonge, avait oublié celui que tu viens de me répéter, sans doute parce qu'il était un peu vieux; car ce n'est pas la bonne volonté qui manque à ces gens-là, c'est la mémoire. Donc ce soir même, pendant que je lui donnais le bras en rentrant au château, elle m'a dit avec un ton de mélancolique tristesse à tromper le diable, s'il n'était constamment sur ses gardes, qu'*elle avait été victime d'un lâche abandon.*

— Est-ce possible, mon Dieu! Mais à quel propos?

— C'est venu tout naturellement, en causant de Louise et de son fameux danseur; mais, s'il faut le dire, c'est moi qui l'ai poussée méchamment à ce mensonge, c'est moi qui lui ai suggéré cette variante capitale au roman qu'elle t'avait raconté. En deux mots, comme je doutais de la sincérité de son histoire, j'ai voulu en avoir le cœur net, je lui ai tendu un piége, mais un piége de diplomate, je te le jure, et elle est tombée dedans au premier mot. Quel dommage que tu n'étais pas là, auditeur invisible de notre entretien! Surtout quand elle me disait languissamment :

— « Oui, cher Maurice, ce fut un abandon bien lâche...

» Mais laissons ce triste épisode de ma vie sur lequel je

» n'ai plus de larmes à répandre et parlons de notre chè-

» re Louise. »

Jeanne laissa tomber sa tête dans ses mains et la relevant lentement :

— Quel abîme de perversité que le cœur de cette femme, dit-elle, avec cette noble amertume d'une âme élevée sur laquelle l'abjection d'une autre âme faite comme la sienne, à l'image de Dieu, produit toujours une indéfinissable impression de douleur.

— Jeanne, dit Maurice, en interrompant une courte rêverie de sa femme, que faut-il croire de tout cela?

— Mon ami, répondit-elle, il faut croire que le père de Louise est vivant, que c'est lui qui a écrit et envoyé cette lettre que ce pauvre homme nous a remise; il faut croire que ce père viendra quelque jour, bientôt peut-être, pour écraser l'orgueil de Marguerite et l'empêcher de sacrifier sa fille à cet orgueil forcené ; il faut croire enfin à quelque drame pour dénoûment à cette histoire, dont on ne m'a pas même fidèlement raconté la première page !... N'importe, reprit-elle après un moment de silence, le devoir est toujours dans la ligne droite, Marguerite est la fille de Charles Bruce qui a sauvé l'honneur de Jacques Frémont, mon père !

— Mais, Jeanne, et la pauvre Louise ?

— Sois tranquille, ami, Louise nous aidera à sauver l'honneur de sa mère, car la femme c'est le dévouement, et les Marguerite Bruce sont de rares et odieuses exceptions. J'ai nourri Louise de mon lait ; elle a mon cœur, elle a mon âme ! Pauvre enfant ! va, rêve le bonheur ! rêve, chère petite, le réveil viendra trop tôt !.... Ah ! mon Dieu ! pourquoi n'est-elle pas ma fille tout à fait ?

Maurice garda le silence, il contemplait sa femme avec admiration et tendresse. Ce fut alors que les domestiques rentrèrent. Bientôt les lumières circulèrent d'une fenêtre à l'autre, parurent, disparurent, puis revinrent, puis s'éteignirent successivement et le sommeil, ce grand dompteur des douleurs humaines, régna en souverain dans la calme maison.

X.

Le premier violon, la flûte et la clarinette étaient déjà attablés autour d'un pot de cidre dans la petite salle du *Grand-Saint-Laurent* quand Philippe-le-Gascon entra :

— Ma foi, père Tacheux, dit-il en prenant place, la recette n'en sera pas plus maigre malgré l'absence des quinze francs du mossieu à la lettre.

— Comment ça? interpellèrent à la fois les trois artistes.

— Voilà : je n'ai point revu le mossieu, j'ai donc porté la lettre à M. Maurice avec l'argent en lui disant de le donner aux pauvres honteux. Savez-vous ce que m'a dit ce brave homme ? il m'a dit : Je me charge de la commission, mais voilà une pièce de vingt francs dont je te fais cadeau, en récompense de ta probité ! J'ai pas cru devoir faire le fier, je l'ai prise et je l'apporte, ça vous va-t-y, père Tacheux ?

— Comme ça, oui, ça me va répondit la clarinette, et avec ce qui est là dedans, ajouta-t-il, en faisant sonner son immense poche, ça va faire un peu gras.

— Seulement, reprit Philippe, M. Maurice m'a bien recommandé de vous dire de ne parler de cette lettre à personne.

— Vous entendez, vous autres, dit Tacheux, *motus* ! c'est bien le moins de faire quelque chose pour être agréable à un quelqu'un si bon pour tout le pauvre monde, et qui encourage la musique de la commune comme lui : cinq francs, hier, vingt aujourd'hui, vingt-cinq, en tout, sans compter que si ce n'est Mlle Louise sa fille, M. Scot n'aurait peut-être pas eu le prétexte de me donner les jolis vingt francs de ce matin.

Tout le monde approuva le chef d'orchestre, et celui-ci ayant relégué à un bout de la table le pot de cidre et les verres, vida sans bruit sa vaste poche et se mit à compter le trésor commun : il s'élevait à la somme fabuleuse de cent-quatre-vingts francs cinquante centimes.

A l'énoncé de ce chiffre qui dépassait de près de moitié celui de l'année précédente, toutes les figures s'épanouirent, et toujours, sans bruit et à voix basse, il fut procédé au partage ; chacun ayant part égale, l'opération fut bientôt faite.

Quand tout fut terminé, le pot de cidre et les verres furent rétablis à la place qu'ils occupaient précédemment, afin que si quelque profane entrait par hasard, il n'eût aucun soupçon de ce qui venait de se passer. Cette précaution prise, on se mit à parler haut de choses indifférentes.

Cependant la mère Patin, qui brûlait de connaître ce qu'avait produit pour les musiciens cette belle fête qui allait, elle, la faire vivre à l'aise pendant plusieurs mois, se glissa sans bruit dans la petite salle, referma la porte, et s'approchant de Tacheux, lui dit à voix basse :

— Eh bien, mon vieux, combien cette année ?

— De quoi ? répondit le bonhomme.

— Parbleu, je vous demande combien vous avez reçu ?

— Combien nous avons reçu ?

— Hé oui !

— Comme à l'ordinaire, mam' Patin, comme à l'ordinaire : plus de gros sous que de pièces blanches.

Et faisant une habile diversion :

— Mais c'est vous qui avez dû faire une fameuse journée : du monde jusque sous la chartrie ! Ah ! vous avez rudement vendu !

— De quoi ? répondit à son tour la propriétaire du *Grand-Saint Laurent*, ne dirait-on pas, père Tacheux, que tous ceux qui sont venus à l'assemblée sont entrés se *rafraîchir* dans mon auberge !

— Pas tous, mais plus des trois quarts.

— Les trois quarts, père Tacheux, ah ! Dieu du ciel ! pas seulement la moitié d'un quart.

— Enfin voyons, combien la recette ?

— Comme à l'ordinaire, mon vieux, comme à l'ordinaire, plus de gros sous que de pièces blanches, et la mère Patin sortit.

Tacheux cligna de l'œil, un sourire d'approbation parut sur les lèvres de ses trois camarades, on vida le pot de cidre en silence, et chacun se retira en rêvant à l'emploi qu'il ferait de son argent, en attendant que les fêtes de Noël vinssent fournir à l'orchestre une nouvelle occasion d'exercer ses petits talents et de glaner quelques écus, en échange des plaisirs dont il était l'heureux dispensateur.

Le lendemain de ce jour qui faisait événement dans la vie de Lucien, le jeune homme entra de grand matin dans la pièce qui servait à la fois de cabinet et de chambre à coucher au bonhomme Plumart. Il n'avait pas précisément de parti pris en abordant ainsi son oncle à une heure où celui-ci n'avait pas l'habitude de le recevoir ; il comptait seulement lui parler d'une manière générale, de la possibilité de son mariage, mais sans rien déterminer, sans rien préciser et comme d'un projet qui pourrait se réaliser dans un temps plus ou moins éloigné, et sur lequel il était bien aise d'avoir avant tout l'*inappréciable* opinion de son *bon oncle*. Mais les dispositions dans lesquelles il le trouva, lui ôtèrent bien vite l'idée de lui faire la moindre ouverture à ce sujet.

M. Plumart venait en effet de s'apercevoir qu'il avait reçu *étourdiment*, une pièce de cinq francs fausse, si fausse même que cela sautait aux yeux. Assis devant la vaste table chargée de paperasses qui lui servait de bureau, il tenait cette pièce au bout de ses doigts, maigres et osseux, la tournait dans tous les sens, essayant en frappant légèrement dessus avec une monnaie de cuivre, d'en tirer le moindre son de bon aloi, et désespéré enfin, il s'écriait au moment où Lucien pénétrait discrètement dans sa chambre : fausse ! fausse ! elle est radicalement fausse !...

— Bonjour, mon bon oncle, hasarda timidement le pauvre neveu, qui comprit de suite que le moment était mal choisi et qui aurait désiré être déjà sorti.

Ah ! c'est vous, monsieur le coureur d'assemblées, vous avez bien pris votre temps, vraiment, pour aller dépenser votre argent en violons, savez-vous ce qui m'arrive, monsieur ?

— Non, mon bon oncle.

— Eh bien ! monsieur, pendant que vous étiez à dépenser cinq francs en prodigalités, moi je les perdais ! On me volait, monsieur ! Oui, hier, pas plus tard que hier, j'ai reçu plusieurs petits à-comptes de trois ou quatre de mes débiteurs, car on ne reçoit plus que des à-comptes, à présent, les temps sont si durs ! Eh bien ! dans les sommes qui m'ont été versées on m'a glissé une pièce de cinq francs fausse, mais fausse à ne pas pouvoir s'en débarrasser ! Qui m'a joué ce tour de Cartouche, c'est impossible à savoir !

— Ah ! mon oncle, combien je partage votre juste indignation.

— Oh ! je me soucie bien que tu partages mon indignation! Si tu pouvais seulement m'indiquer le moyen de tirer quelque parti de cette mauvaise pièce, je dirais que tu es au moins propre à quelque chose; mais non, tu restes là comme un saint de bois, et tu n'as pas même une toute petite idée à mettre en avant pour venir au secours de ton malheureux oncle qui t'a élevé, a pris soin de ton patrimoine et l'a augmenté par son industrie, cœur ingrat!

— Mais, mon oncle, comment voulez-vous que je transforme votre pièce de plomb en une pièce d'argent?

— Tiens, va-t-en! tu me fais bouillir le sang; va-t-en, propre à rien, et dis à la Françoise qu'elle vienne de suite me parler.

Lucien sortit prestement, sans demander son reste, et dit à la Françoise d'aller trouver son oncle.

— Me v'là, notre maître, dit la Françoise en entrant dans la chambre de M. Plumart.

— Approche là, vieille bête, dit celui-ci.

— Faut-y que je me mette dans votre poche ou que je *m'assiége* sur votre table, ou bien croyez-vous que je suis devenue sourde depuis hier soir?

— Te tairas-tu, sempiternelle bavarde!

— Eh bien! je m'tais, allez-vous parler à présent?

— Ecoute bien... Tu vas aller chez mon notaire, tu sais... M. Brière?

— C'te bêtise, si je connais votre notaire, comme si vous ne me faisiez pas trotter à son *bureau* plus de dix fois la semaine!

— C'est bon; tu vas lui demander, à lui ou à son clerc, quatre demi-feuilles à trente-cinq centimes: tu comprends, quatre demi-feuilles.

— Hé! oui, la moitié d'une feuille.

— Répète-lui ce que je te dis, voilà tout, *quatre demi-feuilles à trente-cinq centimes*, sept sous; voilà une pièce de cinq francs, tu me rapporteras la monnaie; mais prends garde de perdre ma pièce, au moins!

— Ah! oui, *prends garde de la perdre*! comme si j'étais une jeunesse pour semer l'argent; on y va, notre maître.

Vingt minutes après, la Françoise rentrait apportant quatre demi-feuilles de timbre.

— C'est bien, dit Plumart rayonnant; mais voyant que la Françoise allait sortir:

— Et ma monnaie, s'écria-t-il, il me faut trois francs quatre-vingt-quinze centimes.....

La Françoise resta penaude, sa figure s'allongea:

— Eh bien! s'écria Plumart, en finiras-tu..... aurais-tu perdu ma monnaie, malheureuse!....

— Pas la monnaie, mais la pièce, notre maître!

— Tu as perdu ma pièce de cinq francs! tonna Plumart en se levant et marchant sur la Françoise. Où? comment?

— Ne vous fâchez pas, notre maître; s'il n'y a pas d'autre moyen, et que je ne la retrouve pas, vous la retiendrez sur mes gages.

— Mais dis-moi donc, la Françoise, reprit Plumart se radoucissant; encore une fois, où et comment l'as-tu perdue?

— Voilà! avant d'aller au *bureau* de M. Brière, je suis entrée dans le jardin pour *ramasser* un peu d'oseille pour votre soupe; j'ai sauté ensuite à votre commission; mais quand j'ai voulu payer, la pièce n'était plus dans ma poche; en rentrant, j'ai cherché dans le jardin, pas bien longtemps c'est vrai, pour ne vous faire pas attendre, mais je ne l'ai pas retrouvée.

— Appelle mon neveu.

La Françoise appela Lucien, qui arriva en courant, et son oncle, après lui avoir fait part du triste événement qui venait de nouveau l'accabler, dit piteusement:

— Mes amis, cette pièce est perdue, bien perdue, et je ne vois qu'un moyen de réparer cette nouvelle brèche faite à ma modeste fortune; c'est de nous priver de souper pendant sept à huit jours.

A cette ouverture, la Françoise pensa se récrier; mais, se ravisant:

— Avant de prendre un parti, dit-elle, je m'en vas aller chercher encore. Voulez-vous venir m'aider, monsieur Lucien?

Lucien la suivit, et dix minutes après tous deux, rentraient dans la chambre de M. Plumart, la Françoise s'écriant d'un ton triomphant:

— La voilà, la voilà, votre pièce; elle était nichée sous une feuille d'oseille, et c'est un vrai miracle que je l'aie retrouvée!

— C'est égal, dit Plumart, puisque nous étions décidés à nous priver de souper pendant sept à huit jours (il s'avançait beaucoup), faisons comme si la pièce était toujours perdue, ce sera cent sous de gagnés sans peine, en mettant notre dépense au plus bas.

— Ah! Dieu du ciel! exclama la Françoise, riche comme vous êtes et dire des infamies pareilles!

— Riche! s'écria Plumart en bondissant et menaçant la Françoise du poing. Riche! malheureuse! pour une pareille infamie, tu mériterais que je t'étouffe! Coquine! je parierais qu'elle répand cette calomnie-là partout! Elle ne sera pas contente qu'elle ne me fasse assassiner!

— Calmez-vous, mon bon oncle, dit Lucien intervenant, Françoise n'a pas calculé la portée de ses paroles.

— Laissez-le donc, monsieur Lucien, dit cette dernière sans se déconcerter, ça va se calmer tout seul.... Tenez, ajouta-t-elle, voilà votre pièce de cinq francs.

M. Plumart avança la main; mais la fameuse pièce, échappant de celle de la Françoise, tomba sur le carreau.

— Ah! par exemple, s'écria-t-elle, elle sonne faux votre pièce, notre maître.

Et la ramassant:

— Je crois bien qu'elle sonne faux: c'est une pièce de plomb! C'était bien la peine de faire tant de bruit.

Et se livrant alors à un de ses accès de gaîté bruyante, elle disait:

— Allez donc jeûner pour rattraper la perte de ce beau bijou de deux liards!

Plumart examina alors la pièce, comme s'il s'apercevait pour la première fois qu'en effet elle était fausse; puis se tournant vers sa domestique, il lui dit ironiquement:

— Ah! le bon cœur! elle rit parce que son maître a été volé! Va, Lucien, prends-moi cette dévergondée par le bras et reconduis-la à la cuisine.

Lucien obéit en souriant et la Françoise se retira en riant à gorge déployée.

Quand ils furent sortis, M. Plumart regarda encore la pièce et dit en soupirant:

— Elle est bien fausse pour que je tente de m'en débarrasser moi-même.

XII.

Lucien, l'imagination remplie de l'image de Louise, formait mille projets, tous plus absurdes les uns que les autres, dans le but de se rencontrer avec elle, de lui dire qu'il l'aimait, et de s'assurer qu'il était aimé avant de tenter une démarche auprès de sa famille. Ne trouvant enfin aucun expédient raisonnable, il prit le parti de demander sérieusement conseil à son sceptique ami Eugène Mériel.

Quoique celui ci, nature positive mais dévouée, ne comprît absolument rien à la passion subite de Lucien, néanmoins, comme elle avait désormais pour lui l'évidence d'un fait, il l'écouta attentivement, renversant d'un mot chacun de ses plans; puis il lui dit:

— Mon cher Lucien, ce que tu veux faire demande à être exécuté avec une excessive délicatesse dans l'emploi des moyens; s'il s'agissait d'un amour *interlope*, je te dirais que tu es un grand niais de venir me consulter sur la manière d'aborder ta maîtresse; mais comme, en définitive, toute cette poésie doit aboutir à la prose du mariage...

— Peux-tu parler ainsi?

— Finis donc... que celle que tu aimes est une enfant de uinze ans, il faut prendre garde d'agir de manière à auriser le moindre soupçon *sur la pureté de tes intentions*, omme on dit en pareil cas. Laisse-moi donc chercher et ouver pour toi, et sois sûr que le hasard, *ce grand mai-e des choses humaines* (j'y tiens, mon cher), viendra à mon de, c'est-à-dire à la tienne, car pour moi, je ne demande 'une chose, danser à ta noce.

— Mais enfin, que comptes-tu faire, mon ami?

— Ah! mais à propos, tu m'appelles *ton ami*, tu y crois onc aux amis, aujourd'hui?

— Eugène! ne me taquine pas, je t'en prie.

— Allons, volontiers, nous reviendrons sur ce chatre une autre fois. Tu me demandais ce que je compte ire?

— Oui.

— J'ai des relations d'affaires avec quelques-uns de mes nfrères cultivateurs à Héricourt, j'irai les voir aujourhui ou demain.

— Mais ne vas pas surtout...

— Silence, mon cher; comme je ne suis pas amoureux, oi, je suis par cela même en possession du peu de sens mmun qui m'a été donné en partage, et je m'en servi pour toi, mais à une condition, Lucien.

— Laquelle?

— C'est que tu vas me donner à l'instant carte blanche, laisser faire sans me questionner, te contentant de reeillir le fruit de ma diplomatie; est-ce dit?

— C'est dit... Pars de suite.

— Diable! mais il est midi.

— Qu'importe, il te faut deux heures par la traverse, tu viendras par Cany, je t'attendrai.

— Allons, c'est convenu, retourne chez toi et n'oublie s d'invoquer le *grand saint Hasard*.

Deux heures après cet entretien confidentiel, Eugène riel descendait à la porte d'une grosse ferme d'Hériurt. Il y resta à dîner pour ne pas fâcher son confrère, à huit heures du soir il était chez Lucien.

— Eh bien! s'écria celui-ci avant que Mériel eût eu le mps d'ouvrir la bouche.

— As-tu prié *saint Hasard*?

— Ah! parle, de grâce, ne me fais pas languir.

— As-tu prié *saint Hasard*?

— Oui, répondit Lucien avec un ton et un air de martyr, ur satisfaire au caprice de son ami, qui menaçait de réer sa question jusqu'à ce qu'il eût obtenu une réponse.

— Je ne suis pas surpris, alors, qu'il t'ait si généreusent exaucé.

— Oh! parle! parle!

— Silence!... Je suis chez mon confrère d'Héricourt, ître Jérôme Parisot, maire de la commune, s'il vous ît; nous parlons d'affaires; quand ce chapitre est épuije prends cet énorme détour pour arriver à la famille urice: — L'hiver sera froid cette année, maître Jéró-, car nous ne sommes encore qu'au premier octobre, et déjà aperçu des bandes d'oies sauvages. — Je te fais arquer en passant que, pour toi, je mentais comme malheureux, car je n'ai vu d'autres oies que celles de basse-cour.

— Ah! me répond maître Jérôme, c'est un signe qui ne mpe jamais; des oies sauvages au commencement d'octre, comme vous dites, maître Eugène, nous aurons un le hiver.

— Tant mieux pour la terre (c'est moi qui parle), mais ıt pis pour les pauvres, car c'est une saison terrible ır eux dans tous les cas, et quand elle est plus rigouse qu'à l'ordinaire, c'est affreux!

— Oh! oui, c'est bien affreux. Heureusement que nous n avons pas beaucoup de pauvres dans notre commu-et que le *si peu* que nous en avons est bien secouru.

— C'est juste; vous avez là M. Scot.

— Oui, M. Scot; et M. Maurice donc! En voilà une mai- de gens du bon Dieu, et que leur main gauche ne sait ce que donne leur main droite.

— C'est la vraie manière de faire l'aumône, maître Jérôme, non pour soi et par ostentation, mais pour les pauvres seulement; on en dit partout beaucoup de bien de ce monsieur.

— Et sa femme donc! et sa fille! des anges, maître Eugène, de vrais anges sur la terre. Tenez, *pas plus tard qu'à l'heure qu'il est*, il y a une pauvre femme, nommée la mère Besson, qu'ils nourrissaient et entretenaient de tout, presque à eux seuls; elle est tombée malade depuis *viron* quinze jours; eh bien! le mari, la femme, la fille, ne sortent pas d'auprès d'elle, et la nuit il y a toujours un de leurs domestiques qui la veille. Ils ont eu bientôt remeublé toute la pauvre chaumière de la Besson, lit, chaises, tables, linge; allez, maître Eugène, on n'en voit pas beaucoup comme ça.

— Quelle maladie a-t-elle cette pauvre femme, maître Jérôme?

— Je ne sais pas bien, M. Maurice envoie chercher presque tous les jours le docteur Jourel de Cany, mais il est si occupé qu'il ne vient pas une fois sur quatre.

— Allons, maître Jérôme, il se fait tard, adieu!

— A propos, avant de partir, s'il n'y a pas trop loin, conduisez-moi chez votre mère Besson; si elle se trouve plus mal, comme je passe par Cany, j'enverrai le docteur Jourel ou un autre s'il n'a pas le temps.

— C'est à deux pas d'ici, maître Eugène, ça ne vous dérangera point de votre chemin.

J'abrège, mon cher, j'abrège, car je vois que tu commences à te volcaniser. En deux mots, j'ai vu la bonne femme; heureusement il n'y avait qu'une de ses vieilles voisines auprès d'elle, j'ai fait l'entendu et lui ai dit qu'elle avait besoin d'un médecin et que je lui en enverrais un d main matin; anticipe un peu sur ton futur droit de tuer les gens impunément, tu n'as rien à craindre du papa Jourel qui n'attend que le moment où tu seras officiellement docteur pour prendre un peu de repos dont il a grand besoin... Ah! ça, mais tu ne m'écoutes pas!

— Ah! merci mille fois, cher Eugène, dit Lucien; maintenant, encore une prière à *saint Hasard*...

— Tu me flattes, scélérat!

— Non, mon ami... et puisque la famille Maurice vient à tour de rôle chez la pauvre mendiante, j'aurai peut-être la chance de me rencontrer avec Louise!

— Pour cela, mon cher, le hasard s'appelle cette fois *Eugène Mériel*, et j'avais oublié vraiment le plus important. Je sais l'heure invariable des visites de la famille Maurice à la mendiante; c'est elle-même, cette pauvre femme, qui m'a donné ce précieux renseignement sans que je me sois donné la peine de le lui demander, en célébrant à sa manière la charité dont elle était l'objet de la part de *ces bonnes gens du bon Dieu*, comme elle les appelle. Ainsi, de huit à dix heures du matin, c'est le tour de madame; de midi à quatre heures, c'est le tour de ta divinité, et de six à huit heures du soir, c'est celui de M. Maurice. La nuit revient alternativement à l'un des domestiques.

Lucien, n'y tenant plus, s'élança au cou d'Eugène.

Oh! s'écria ce dernier, mais prends donc garde! ta poésie étouffe ma prose!

Le lendemain, quelques minutes avant midi, Lucien était chez la mère Besson, et un quart d'heure après Louise y entrait également. En reconnaissant près du lit de la vieille femme son danseur qui la saluait de son mieux, la jeune fille devint rouge comme une cerise, puis toute décontenancée, ne sachant si elle devait rester ou sortir, elle finit cependant par s'asseoir. Lucien, de son côté, avait perdu toute sa présence d'esprit; il lui fallut quelques minutes pour expliquer comment et en quelle qualité il se trouvait auprès de la malade et pour mettre au jour une phrase finale fort embrouillée qui, à la rigueur, pouvait signifier qu'il était bien heureux de l'occasion que lui offrait *le hasard* de se rencontrer avec une personne qui avait fait sur son cœur une ineffaçable impression.

Louise balbutia en réponse quelque chose de moins

clair encore, puis la conversation menaça d'en rester là. Lucien s'adressait intérieurement une foule d'épithètes disgracieuses, pour ne pouvoir exprimer d'une manière convenable à cette charmante créature qu'il l'aimait de toute son âme. Enfin pourtant, dominé qu'il était par son amour et par la conviction que, cette occasion perdue, il ne s'en rencontrerait plus une semblable, il finit par dire à Louise, non pas précisément tout ce qu'il avait préparé à l'avance (ces sortes de discours tout faits, et qu'il ne s'agit plus que de répéter au moment opportun, ne s'accordent jamais avec l'à-propos des situations), mais il dit, ce qui valait beaucoup mieux, tout ce que l'inspiration du moment lui suggéra. Nous devons en convenir, si son exorde fut faible, sa péroraison fut magnifique. Louise, touchée, émue, pressée de répondre à cette instante prière : « Oh ! mademoiselle, si je suis assez heureux pour que » votre cœur encourage le mien, de grâce un mot, un » seul mot, et immédiatement je ferai tous mes efforts » pour faire agréer à votre famille l'amour profond que » vous m'avez inspiré ! » Louise, disons-nous, éperdue et ne pouvant répondre, lui tendit la main. Lucien imprima sur cette main charmante le plus tendre baiser, et la jeune fille, étonnée, surprise, la retira, mais lentement; puis, se levant, mais sans précipitation, elle sortit en poussant un soupir bien discret, mais qui fut entendu de son heureux amant. Celui-ci, ivre de bonheur, la suivit longtemps des yeux et la vit, au détour du sentier, retourner la tête; il mit alors la main sur son cœur; Louise le remercia par un regard, puis par un doux quoique imperceptible sourire, et la charmante vision disparut derrière les grands arbres de la prairie. Là finissait l'étroit horizon de la petite baie ombreuse et solitaire où s'élevait, à quelques pieds du sol, la pauvre chaumière de la mendiante. Ce fut alors qu'il vint à l'esprit de l'amoureux docteur (donnons-lui cette qualification, qui va bientôt lui appartenir) que cette scène d'amour avait eu tout naturellement un témoin. Tremblant, il s'approcha du lit de la malade, mais il fut bientôt rassuré. En effet, le sommeil commençait à la gagner au moment où Louise était entrée, et la dominait complètement. Depuis, par conséquent, elle avait été aveugle et sourde. Comme il se sentait sur un terrain brûlant, il eut alors hâte de s'éloigner rapidement. L'ayant donc réveillée, il l'assura d'un prompt rétablissement si elle continuait à garder le lit encore quelque temps, et la quitta en lui laissant tout ce qu'il avait d'argent dans sa bourse. Ce jour là, il se serait volontiers dépouillé pour la bienheureuse mendiante.

— Ah ! mon ami, disait-il le soir même à Mériel, tu vois en moi le plus heureux des hommes et le plus reconnaissant des amis.

— Veux-tu me conter ça?

— Ah ! je te le dois bien, et il lui raconta avec tous ses détails la scène que nous venons de retracer.

Quand il eut fini :

— Je conviens, dit Mériel, que les amoureux ont de bons petits momens; malheureusement il n'y a que les premières pages de ces sortes d'histoires qui soient attrayantes, car à mesure qu'on avance cela devient de plus en plus fade.

— Ah ! mon ami; après le service que tu m'as rendu, laisse-moi donc le bonheur de la reconnaissance, et ne te paie pas en mauvais quolibets et en ridicules paradoxes.

— Très volontiers, mon cher, et je me ferais un véritable cas de conscience de provoquer ton ingratitude; seulement permets-moi une question frappante d'opportunité : toi et cette petite fille, vous ne vous connaissez pas du tout, sur quoi donc est fondé votre mutuel et subit amour ?

— Ah ! malheureux garçon, répondit Lucien, malheureux garçon qui fait de l'amour une règle de trois ! qui confond la raison, le calcul avec la passion ! qui place le sentiment dans la tête ! Malheureux ami, qui n'aperçoit pas d'ailleurs que les âmes qui, à la première rencontre, se sentent attirées l'une vers l'autre, se connaissent ou plutôt se devinent par une secrète et mystérieuse intuition !

— Très bien ; un petit mot encore seulement. Si au lieu d'avoir vu dans le char-à-bancs de M. Scot une Louise charmante et fraîche comme une rose du Bengale... C'est là le style, n'est ce pas, Lucien?

— Continue donc, continue.

— Tes yeux eussent remarqué une autre jeune fille du même âge, je vais plus loin, une jeune fille ayant, à ta connaissance, les plus rares qualités de l'esprit et du cœur, mais que ses parens auraient oublié de faire vacciner...

— Assez ! assez ! Eugène. Ah ! de grâce, pas un mot de plus.

— Pas un mot de plus, je le veux bien, puisque j'ai fini. Qu'as-tu à répondre ?

— Je ne veux rien répondre.

— Tu te trompes, Lucien ; tu ne peux rien répondre.

— Mais, mon cher Eugène, où donc as-tu pris de semblables idées ? qui te les a inspirées ? quel livre ?

— Quel livre, Lucien ! un livre que je feuillette tous les jours bien malgré moi, et qui ne ressemble guère à celui où tu alimentes tes rêves !

— Il se nomme ?

— Réalité !

— Et le mien ?

— Idéalité ! — Mais tu as raison, mon ami, laissons cette polémique et parle demain à ton oncle de tes projets; prépare-le du moins, car M. Maurice t'acceptera pour gendre.

— Qu'en sais-tu ?

— Il est encore amoureux de sa femme, vous êtes taillés tous deux dans la même pièce de drap, vous vous comprendrez au premier mot.

— Merci : Adieu, philosophe !

— Adieu, poëte !

XIV.

Mon bon oncle, disait le lendemain Lucien à M. Plumart, le temps est très doux aujourd'hui, il est midi, le soleil est délicieux, si vous marchiez un peu cela vous ferait du bien. Par exemple, nous pourrions aller faire un tour ensemble sur la route d'Héricourt, c'est une promenade charmante à cette heure-ci.

— Tu crois ! répondit le *bon oncle*.

— J'en suis convaincu.

— Eh bien, va me chercher ma canne et mon chapeau, et nous allons sortir.

Quand ils furent à quelque distance, l'oncle Plumart proposa de s'asseoir; Lucien trouva l'occasion bonne, approuva fort cette idée, et le dialogue suivant s'engagea entre eux :

— Dans un mois, mon cher oncle, je serai docteur ou bien près de l'être; le vieux M. Jouvel n'attend que ce moment pour prendre sa retraite. J'aurai, je l'espère, promptement une belle clientèle.

— Tu as bien raison de l'espérer, car le diplôme de docteur te représentera un fort capital, et il faudra bien que tes cliens te le remboursent avec les intérêts.

— *Avec les intérêts*. Sans doute, mon oncle, et puis, je pourrai faire un bon mariage.

— Mariage !... Mauvaise spéculation ! mauvaise spéculation, Lucien, à moins toutefois de mettre la main sur une dot énorme.

— Pourquoi cela, mon bon oncle ?

— Comment, pourquoi cela ?... C'est un homme qui va être docteur dans un mois qui fait une si sotte question ! Ah ! pourquoi cela ! Parce qu'une femme, ça mange, ça s'habille, ça reçoit des visites, ça en rend, ça fait des enfans qu'il faut nourrir, habiller, doter si ce sont des filles, *faire recevoir docteurs* si ce sont des garçons, etc., etc., etc. De sorte que les niais qui disent d'un homme sans fortune, mais qui vit honorablement de son état : un tel a fait un bon mariage; il n'avait rien, sa femme lui a apporté cinquante mille francs, mériteraient d'être fouettés. Parce qu'un homme qui n'a rien, mais qui vit de sa profession, est plus riche sans ces cinquante mille francs accompagnés d'une femme, qu'avec une femme accompagnée de ces cinquante mille francs. C'est de la grosse arithmétique cela, monsieur mon neveu.

— Oui, mais vous ne comptez pas le bonheur de se former une famille.

— Plait-il ?

— Je dis que tout le monde n'a pas votre sagesse, votre philosophie, et qu'il y a des gens qui ne peuvent pas souffrir vivre seuls.

— Si vous êtes de ces gens-là, vous n'êtes qu'un sot ; mais marchons un peu, il fait froid ici.

Lucien, interdit par cette terrible rebuffade, fut au moins dix minutes sans se remettre ; d'ailleurs, quand son oncle substituait en lui parlant le *vous* au *toi*, c'était mauvais signe ; pourtant il renoua assez habilement le fil de l'entretien en disant :

— Je pense que vous avez raison, mon oncle, et qu'à moins d'épouser une très riche dot....

— Ah ça, dit Plumart, interrompant, tu vas finir par me faire croire que tu as envie de te marier.

— Pas à présent précisément... Mais enfin, si dans quelque temps je trouvais un parti convenable, riche, très riche.....

— Ecoute donc, reprit l'oncle radouci en entendant son neveu parler enfin sa langue; tu as six mille francs de rente, ta profession t'en rapportera facilement autant si tu es laborieux, cela te fera douze mille francs par an. Un garçon rangé, économe, peut très bien se contenter de dépenser mille francs chaque année et mettre ainsi de côté onze mille francs tous les douze mois ; mais prodigue comme tu es, tu n'en mettras que dix mille, je suis malheureusement forcé d'en convenir. Avec une femme sans dot, tu n'en mettrais que trois mille au plus en moyenne; différence en moins, sept mille francs. En prenant une femme qui t'apporte ces sept mille francs, tu te retrouves sur les deux pieds. Mais ce n'est pas assez cela, il faut quelque chose pour compenser les désagrémens du mariage, l'ennui d'avoir une femme constamment sur son dos, d'entendre ses piailleries, de supporter ses caprices ; comme médecin, tu sais mieux que moi que l'organisation des femmes ne leur permet pas d'avoir le sens commun. Mais ce n'est pas tout : au ramage journalier et désagréable de la femme, étourdissant, insipide, il faut ajouter celui des enfans en bas âge, leurs éternelles pleurnicheries, leurs cris, puis les tracas qu'ils donnent à mesure qu'ils grandissent ; eh bien ! pour tout cela, et en faisant les choses rondement, au lieu d'une dot de sept mille francs de rente, mettons-en une de dix mille francs, c'est modeste, j'en conviens ; mais enfin, en affaires, il faut savoir quelquefois se montrer coulant, et, à la rigueur, on pourrait s'en contenter ; pourtant, crois bien que c'est encore toi qui apporterait la meilleure part, et que tôt ou tard tu te repentirais du marché.

Lucien pensait à Louise et cet affreux calcul de son oncle lui soulevait le cœur: mais comme il ne voulait pas retarder la demande qu'il comptait faire auprès de la famille de la jeune fille, il lui fallait bien ménager celui qui lui tenait lieu de père pour l'autorité; quel dégoût, en effet, si ce vieillard s'avisait de se jeter à la traverse de ses chers projets, et quelles conséquences désastreuses pour leur réalisation s'ils n'avaient pas son assentiment ! Il fit donc un effort pour vaincre ses répugnances et entra comme lui dans des détails de chiffres.

— Mon oncle, dit-il, après un certain intervalle pendant lequel M. Plumart s'imagina qu'il soumettait à un examen approfondi sa triste arithmétique ; si au lieu de dix mille francs de rente que vous venez de fixer avec tant de sagesse, comme étant la seule dot qui puisse convenir à ma fortune personnelle et aux futures ressources que me procurera ma profession, je trouvais une fille unique dont la famille possédât une terre d'un revenu annuel de quinze mille francs, et ayant réalisé par ses économies, un certain capital ; l'avenir ainsi sauvegardé, et les charges du mariage plus que balancées par la certitude d'entrer un jour en possession d'une grande et belle terre d'une valeur numéraire considérable, qu'en diriez-vous ?

— Hum !... épouser une fille unique dans des conditions semblables, c'est à considérer ;... en général les filles uniques à parens riches sont à considérer, même quand elles ne sont pas très fortement dotées, parce qu'un gendre habile et qui sait s'y prendre, trouve toujours moyen de tirer de bonnes sommes, soit du père, soit de la mère, soit de tous deux à la fois, tantôt sous un prétexte, tantôt sous un autre. Puis enfin, il vient un petit moment où il leur faut bien céder la place, et ce coup de filet général indemnise largement de l'attente; c'est un beau jour pour un gendre, celui-là !

— Comme vous dites, mon oncle, repartit Lucien, c'est un beau jour que celui où l'on voit mourir le père ou la mère de sa femme.

M. Plumart ne soupçonna même pas l'amère ironie de ces paroles et après une pause il reprit :

— Mais je reviens à mon idée première, Lucien, il y a quelque chose de mieux que le meilleur mariage, c'est le célibat.

— C'est pourtant, mon oncle, assez triste d'être seul quand on est entré dans la vieillesse.

— Laisse-moi tranquille, cœur de poulet.

— De n'avoir pas une femme et des enfans à aimer, de ne connaître enfin aucun des grands sentimens de notre nature.

— Qu'est-ce que c'est que ça, monsieur mon neveu ?

— Vous n'avez donc jamais aimé, mon oncle, pour me faire cette question, répondit Lucien perdant patience.

— Ecoute bien, maître sot : j'ai aimé, j'aime, et j'aimerai toujours la seule chose qui ne trompe point, et qui tient plus qu'elle ne promet : l'argent !

Lucien frémit.

— Pourtant, mon oncle, hasarda-t-il doucement, vous n'en usez guère.

— Oui, mais je pourrais en user, et je me dis tous les jours : quand je voudrai je pourrai, cela me suffit; c'est un bonheur de premier ordre, vois-tu, que celui de sentir qu'on n'a qu'à vouloir pour pouvoir; c'est un bonheur à moi, et je vivrais deux cents ans que je n'en chercherais pas d'autre. C'est une jouissance de la force intelligente de mon être, je m'y abandonne avec une volupté virile, mille fois préférable à celle qui a sa source plus bas, au cœur, d'où viennent les déceptions et les larmes.

Lucien n'avait jamais entendu son oncle étaler en de pareils termes la philosophie de son infirmité morale. Il en fut surpris au dernier point. Il devenait évident pour lui que l'énergique persévérance de la passion de l'avare recélait un levier au service de la volonté que toutes les autres passions de l'esprit seraient impuissantes à soulever.

Mériel aurait remarqué à cette occasion qu'en comparaison de cette terrible force qui agit discrètement mais perpétuellement pour atteindre son but, semblable à la goutte d'eau qui finit par faire brèche au plus dur rocher, l'amour était bien mesquin; mais Lucien était loin d'une telle idée; seulement la passion de son oncle lui apparaissait pour la première fois avec un certain caractère de grandeur sauvage qui ne l'avait pas encore frappé jusqu'ici. Satisfait au surplus des dispositions dans lesquelles il le voyait en ce qui touchait les conditions de son futur mariage, au moins dans les termes généraux et hypothétiques où il avait posé la question, il laissa tomber la conversation, et tous deux, oncle et neveu, rentrèrent les meilleurs amis du monde.

XV.

Marguerite, inquiète au dernier point des symptômes qu'elle avait remarqués chez Louise, craignit de voir éclater tout à coup en elle une de ces passions qui emportent le cœur des femmes dans des régions où les autres affections humaines ne sauraient atteindre et rendent impossible le sacrifice au devoir le plus impérieux, le plus pressant, et, à plus forte raison, à ce qui n'en a que l'apparence. Elle résolut donc de frapper, pendant qu'il en était peut-être temps encore, un coup décisif sur cette âme naïve, afin de l'immoler à ce qu'elle appelait sa sécurité.

— C'est une espèce de Jeanne que cette Louise, elle lui ressemble au physique comme au moral, pensait-elle; j'ai eu tort de la tenir à distance comme je l'ai fait, mais il n'y a rién d'irréparable, ma froideur peut même, avec un peu d'habileté, tourner en argument pour moi et m'aider à arriver à mon but. Ces petites femmes qui parlent sans cesse de leur cœur se laissent toujours prendre au fatras sentimental : il faut donc employer le grand moyen, la *révélation*, et je me trouverai débarrassée à tout jamais de cette importunité menaçante pour mon repos. Je voulais attendre encore quelques années avant d'en venir là, mais *la bonne Jeanne* laisse danser ma fille avec un garçon assez joli, ma foi, pour troubler l'enfant et lui faire entrevoir des idées de mariage. Il est évident que depuis ce maudit bal, elle n'est plus la même, elle aime ou elle va aimer. Ainsi, mon honneur! mon repos! dépendraient de la manière dont tournera la passion d'une enfant de quinze ans! Oh! mais cela n'est pas possible! il n'en peut être ainsi! Mon rôle est bien simple, il s'agit de faire vibrer la même corde dans le cœur de ces deux femmes, Jeanne et Louise, la corde du dévouement. Je réclame la libre disposition de l'avenir de ma fille, après tout; je me tiens dans les bornes rigoureuses de mon droit. Tout me viendra en aide d'ailleurs, car *la bonne Jeanne* est très pieuse, elle dit que l'absence de religion chez la femme est un vice capital, que vouloir s'en passer c'est trop d'orgueil pour sa faiblesse, et elle a fait de Louise une petite sainte comme elle. J'ai donc deux bonnes âmes bien dociles, bien simples à manier, c'est une partie gagnée à l'avance que celle que je vais jouer : quant à Maurice, c'est un homme de premier mouvement impressionnable, tempêtueux, qu'il ne faut pas trop attaquer en face, mais on le tourne facilement, et *la bonne Jeanne* s'en chargera; elle lui rappellera que je suis la fille de M. Bruce, qui a sauvé l'honneur commercial de son père, et tout sera dit, il mettra bas les armes et cessera, aussitôt les hostilités. A l'œuvre donc et sans plus tarder; M. Scot est sorti et ne rentrera que pour le dîner, profitons de l'occasion, et elle sonna.

— Madame a sonné? dit une femme de chambre qui parut presque immédiatement à son appel.

— Envoyez-moi Pierre, Mariette.

— Oui, madame.

Un instant après Pierre entra.

— Allez chez M. Maurice, lui dit Marguerite; faites mes complimens et priez madame de m'envoyer Mlle Louise pour une heure ou deux, vous attendrez et l'accompagnerez.

Pierre salua et sortit.

A deux heures de l'après midi, le jour même où Louise avait vu Lucien à ses pieds, lui demander son amour, elle était introduite auprès de sa mère.

Celle-ci l'accueillit avec son plus doux sourire, l'embrassa avec une tendresse apparente, dont l'enfant fut immédiatement la dupe, puis elle lui dit :—J'ai beaucoup à causer avec toi, chère petite, je profite de l'absence de M. Scot, afin d'être plus libre, car seule tu dois entendre ce que j'ai à te révéler. assieds-toi là, tout près de moi, ma petite Louise. Louise obéit avec bonheur. Alors Marguerite, poussant un profond soupir, commença ainsi: — C'est triste, mon enfant, ce que j'ai à t'apprendre, triste pour toi, pauvre petite, mais hélas! bien triste aussi pour moi! mon Dieu! vous le savez, vous qui lisez au fond des cœurs! depuis longtemps j'ai voulu parler, mais tu étais trop jeune encore. Chère enfant, pardonne-moi, j'étais bien froide pour toi, mais vois-tu, je craignais qu'en t'encourageant à m'aimer, mon cœur ne pût supporter sans se briser la contrainte que la nécessité avait imposée à ses épanchemens. J'étais plus sûre de ma résolution, en n'ayant pas à lutter contre ta tendresse pour moi. C'était assez que de lutter contre ma tendresse pour toi; j'aurais succombé sous une tâche plus lourde, mon secret me serait échappé! Mais aujourd'hui, que tu peux me comprendre, je ne saurais le garder un jour de plus, je souffre trop, il me dévore, Louise! mon enfant! l'enfant de mes entrailles, embrasse, embrasse ta mère!

Louise, pantelante, suffoquée par son émotion, se jeta dans les bras de Marguerite en fondant en larmes, avec une ardeur qui étonna l'adroite comédienne, qui s'attendait à de la surprise, à du doute, au moins!

— Ah! merci, chère Louise, s'écria-t-elle, merci de n'avoir pas même hésité, de m'avoir crue sur parole!

— Depuis deux jours, je sais tout...

A ces mots, Marguerite faillit oublier son rôle; mais ce ne fut qu'un éclair, et elle reprit aussitôt avec une habileté consommée :

— Comment, ma Louise, il y a deux jours que tu sais que je suis ta mère, et tu attends que je t'appelle pour voler dans mes bras?

— Pardonnez-moi, dit la naïve enfant; je suis venue à vous le cœur agité du sentiment dont cette révélation inouïe pour moi l'avait rempli, et vous m'avez accueillie si froidement!... Mais maintenant, oh! mère chérie! maintenant que vous m'avez expliqué que votre froideur n'était qu'apparente, que vous m'avez raconté ce qu'elle vous coûtait de larmes secrètes, oh! je vous aime bien!

Et l'enfant, s'asseyant sur les genoux de Marguerite qui l'attirait, cachait sa jolie tête dans sa poitrine, la relevait, pleurait, en proie à l'émotion la plus tendre et la plus expansive. Mais la mère, inexplicable énigme, restait froide sous ces douces étreintes si chères à la femme, s'indignant contre elle-même de ce que la nature lui avait refusé la trompeuse facilité des fausses larmes, imitation mensongère de ces perles pures que les grandes douleurs et les grandes félicités de la vie arrachent aux profondeurs du cœur humain.

— Chère enfant, mais j'y pense, disait-elle, comment donc as-tu pénétré le mystère de ta naissance et de ma faute?

Et elle cachait son visage dans ses mains, sans doute parce qu'elle ne pouvait pas plus rougir que pleurer.

Louise lui raconta simplement, sans détour, comment elle avait connu le secret qu'elle, Marguerite, croyait lui apprendre, n'omettant que les réflexions fâcheuses de Jeanne et de Maurice à son sujet.

— Bonne Jeanne, comme elle t'aime, elle aussi; c'est ta seconde mère, chère enfant, il ne faudra jamais l'oublier et suivre toujours ses conseils, qui seront constamment conformes à ceux que je te donnerai, ma Louise.

— Oh! mère chérie, que vous êtes bonne de me parler ainsi! Ah! oui, j'ai deux mères maintenant; mais vous avez bien raison d'aimer ma petite mère Jeanne et mon bon père aussi : ils aiment tant votre petite fille!

Ce mot de *père* que venait de prononcer Louise lui suggéra l'idée d'une question à faire à Marguerite; mais au moment où cette question était sur ses lèvres, un motif d'une exquise délicatesse l'y arrêta tout à coup.

Cependant la mère, qui la surveillait avec la plus incroyable liberté d'esprit, devina ce qu'elle voulait lui demander.

— J'ai lu dans ta pensée, ma chérie, lui dit-elle, comme dans un miroir; que veux-tu, c'est le privilège des mères, et il faut en prendre ton parti.

Louise lui prit la tête dans ses deux charmantes petites mains et l'embrassa.

— Non, non, reprit Marguerite, non, chère petite, je n'élude rien, ma fille doit tout savoir. Ton père, ma pauvre enfant..... Ah ! ne maudis pas sa mémoire, bientôt tu sauras le nom qu'il portait, car il est mort, ton père...... J'étais une pauvre créature sans mère, moi, ma Louise... Ah ! regarde-moi, c'est mon châtiment, je veux rougir devant mon enfant !...

— Ah ! chère petite mère ! assez !... assez !... je vous prie ; ah ! mon Dieu ! mon cœur comprend tout : il vous a trahie ! abandonnée !

— Hélas ! tu l'as dit, ma Louise, *trahie* ! *abandonnée* ! Pour sauver mon honneur, je fus obligée de te confier à Jeanne, ma meilleure amie, à condition que nous demeurerions toujours, pour ainsi dire, porte à porte, que je te verrais tous les jours, et que je garderais mes droits de mère sur ma fille bien-aimée. Tu sais tout maintenant. Mais garde bien ce secret d'où dépend mon bonheur domestique, car encore que M. Scot soit plutôt un appui pour moi, un ami dévoué qu'un époux, tu comprends, ma pauvre enfant....

— Ah ! chère petite mère, plutôt mourir mille fois que de faire une seule démarche, de dire un seul mot qui puisse compromettre votre repos. Ah ! mère chérie, ayez confiance en votre enfant et soyez sans crainte; au besoin elle saurait vous faire le sacrifice même de son bonheur.

— Viens, ma fille, viens dans mes bras.

Et pendant qu'elle prodiguait à l'enfant des caresses auxquelles son cœur ne prenait pas la moindre part, Marguerite se réjouissait du succès de sa duplicité. A merveille, pensait-elle, c'est bien comme je l'avais soupçonné ; elle me ferait le *sacrifice même de son bonheur*. Il était temps d'agir, ma foi ; mais je trouve mieux que ce soit Jeanne qui la requière de ce sacrifice-là.

— Allons, ma Louise, dit-elle en s'arrachant comme à regret aux étreintes de sa fille, il faut être raisonnables toutes deux, voilà bientôt l'heure où j'attends M. Scot, il faut nous dire adieu.

Elle l'embrassa, puis se leva ; Louise suivit ce mouvement et elles sortirent ensemble.

La mère accompagna sa fille jusqu'à une très faible distance de la maison de Maurice, elle la regarda s'éloigner, et la rappelant bientôt :

— Ma Louise, dit-elle, tu n'as rien à cacher de notre entrevue à Jeanne et à Maurice, au moins, raconte-leur tout, au contraire, sans omettre les moindres détails ; je te conseille aussi, mon enfant, de leur confesser naïvement qu'un petit mouvement de curiosité t'avait fait découvrir, il y a deux ou trois jours, ce que je croyais t'apprendre aujourd'hui.

— Merci, mère, vous avez devancé mon plus cher désir et je comptais bien vous demander bientôt la permission que vous venez de me donner avec tant de bonté ; car cacher quelque chose à ma chère petite mère Jeanne et à mon bon père Maurice, ah ! cela me serait impossible !

— Bien, Louise ; bien, mon enfant ! Adieu, adieu ; et sois prudente !

— Ah ! soyez sans inquiétude, adieu !

Il y aurait de quoi, vraiment, être sans inquiétude, pensa Marguerite en regagnant le château, et je serais vraiment bien sauvegardée si je n'y mettais ordre ! Avant un mois, elle m'appellerait *chère petite mère*, en présence de M. Scot.

XVI.

Le soir même elle se rendait chez Maurice.

Celui-ci était près de la mendiante avec Louise. Jeanne était seule.

— Bonjour, chère amie, lui dit-elle en entrant, et, sans lui donner le loisir de placer une parole, elle l'embrassa rapidement et ajouta : Vous devez bien m'en vouloir, ma bonne Jeanne, mais pardonnez à une mère qui était fatiguée du rôle que le soin de son honneur et de son repos exigeait. Depuis plusieurs mois déjà j'avais conçu le projet de tout révéler à Louise ; je ne vous en ai pas fait part, ma bonne amie, parce que j'ai craint votre prudence, j'ai eu peur que votre raison, si droite et si ferme, ne triomphât de mon cœur, pardonnez-moi encore une fois.

— Vous n'avez rien appris à Louise, Marguerite, vous le savez, puisqu'elle vous l'a dit ; mon imprudence avait pris les devans sur les impatiences de votre cœur ; mais quand vous avez parlé, vous ignoriez cette circonstance, et à cause de cela j'ai le droit de vous dire que j'ai été profondément blessée, qu'après avoir servi de mère à Louise, pendant quinze ans, vous ayez cru devoir, non seulement ne point me consulter, mais, mieux que cela, ne pas m'avertir même de votre détermination. Cela est mal, Marguerite, et je n'accepte pas comme sérieux, croyez-le bien, le prétexte que, sentant votre faute, vous vous êtes hâtée en entrant de me donner comme excuse. Vous avez mal agi.

Jeanne, comme toute nature droite et simple, sans cacher les ressources de son intelligence, sans dissimuler sa rare pénétration et, ce qui est moins commun, son admirable discernement, avait dans les habitudes de l'esprit une certaine nonchalance à paraître et faisait, même au point de vue de l'amour-propre, si peu d'attention à l'opinion des autres, que Marguerite, qui la voyait tous les jours familièrement, était bien loin de seulement soupçonner son immense valeur intellectuelle. Pour elle, c'était *la bonne Jeanne*, pas plus, pas moins, et cette épithète qu'elle lui donnait habituellement avait même quelquefois dans sa bouche une certaine teinte d'ironie. Aussi resta-t-elle comme stupéfaite quand *l'autre Jeanne*, celle qu'elle ne connaissait pas du tout se révéla tout-à-coup à ses yeux et accentua d'une voix claire le reproche si bien motivé que nous venons de reproduire. Il n'y avait pas à s'y méprendre, pas d'illusion à se faire : Jeanne la connaissait à fond; il fallait en prendre son parti. Mais Marguerite Bruce était de force à lutter avec Jeanne Fremont; aussi voyant qu'elle avait devant elle un adversaire sérieux, s'apercevant qu'elle avait fait fausse route, elle se retourna d'un seul bond et se plaça sur un autre terrain.

— Vous avez raison, j'ai mal agi, dit Marguerite, il y a huit jours je n'aurais pas tenu cette conduite, et quoique depuis dimanche j'aie perdu la bonne opinion que j'avais de votre prudence, j'avoue que j'ai eu tort de ne pas me souvenir qu'il y a près de quinze ans que vous êtes pour Louise la meilleure des mères, meilleure que je ne le serai jamais moi-même, je le confesse.

— Vous pensez donc que j'ai commis une bien grave imprudence en permettant à Louise de danser à ce bal ?

— Je le pense tellement que c'est à cause de cela que je me suis hâtée de tout révéler à ma fille, qui a pour le moins le cœur très préoccupé, convenez-en.

— C'est vrai, et cela arrive un peu trop tôt, mais après tout, que prétendez-vous ?

— Que Louise ne se marie pas tant que vivra M. Scot.

Jeanne répondit en souriant tristement :

— Vous la sacrifiez donc tout-à-fait, Marguerite ?

— Mais non, mais non; seulement elle attendra quelque temps, et nous ne serons sacrifiées ni l'une ni l'autre.

— Je pourrais dire : c'est *notre fille*, reprit la mère adoptive, mais je ne veux pas abuser de ma position et des droits que me donne ma profonde affection pour elle, je dirai donc : C'est votre fille, Marguerite, vous seule avez un droit souverain sur elle, *puisque son père est mort*; je ne contredirai donc en rien vos projets.

La manière dont Jeanne avait accentué ces mots : *Puisque son père est mort*, fit pâlir Mme Scot. Elle commençait à s'apercevoir que la partie n'était pas si facile à gagner qu'elle l'avait cru d'abord. Jeanne la tenait sous son œil pénétrant sans perdre un seul mouvement de sa physionomie, et elle, comme fascinée par l'effet de ce regard scrutateur qui semblait pénétrer les replis les plus cachés de son âme, ne trouvait pas une seule parole, ressemblant à un accusé confondu par le poids des charges qui viennent s'accumuler contre lui.

— Ainsi, reprit la fille de Jacques Fremont après un silence de quelques minutes, qui semblèrent un siècle à Marguerite, voilà qui est bien entendu, et s'il se présentait un parti pour Louise, tant que vivra M. Scot il faut le repousser.

— Il le faut bien, Jeanne, à moins que vous ne vouliez entendre publier les bans de mariage de la *fille de Marguerite Bruce et d'un père inconnu*. Mais, croyez-en bien convaincue, Louise se trouvera heureuse de se sacrifier pour l'honneur de sa mère.

— Je le sais déjà, Marguerite, mais il y a des bonheurs qui coûtent cher.

— N'exagérons rien, ma bonne amie,.... mais franchement, Jeanne, je m'étonne à bon droit de l'air de mécontentement répandu sur votre visage. Pourquoi vous ai-je confié ma fille enfin, et pourquoi avez vous si généreusement consenti à accepter ce dépôt, si ce n'est pour sauver ma réputation ? Vous n'y tenez pas, vous, c'est bien, je ne vous en fais pas de reproche, *Jeanne Fremont*, mais...

— Assez, Marguerite, pas un mot de plus ! comme vous je n'oublie rien, croyez-le. L'une et l'autre nous avons de la mémoire, mais nous n'avons pas le même cœur, voilà tout.

— Il faut bien que j'en prenne mon parti, ma pauvre Jeanne; mais que voulez-vous, il y a des leçons qui profitent toute la vie, et j'ai reçu une de ces leçons-là il y a quinze ou seize ans. Maintenant, c'est fini, et je ne serai plus ni dupe ni victime de mes affections. Vous voyez que je suis franche; donnez-moi donc la main, vous qui êtes la franchise même. Tenez, Jeanne, je vous le confesse, je ne vaux rien; mais, avec vous, je ne veux plus même essayer à paraître meilleure que je ne suis; et puis, voyez-vous, on croit que c'est tout que d'avoir porté un enfant dans son sein, de lui avoir donné le jour; mais on se trompe bien : non, Jeanne, ce n'est pas tout, et vous qui avez nourri Louise de votre lait, vous qui l'avez élevée, protégée, gardée en santé comme en maladie, vous êtes bien plus la mère que moi. Aussi je ne vous en veux pas de votre méchant accueil, au contraire, je ne vous en aime que mieux, quoique je sente bien que vous devez me haïr, qu'à ma place vous vous sacrifieriez, vous ! Vous voyez que je vous parle comme je parlerais à Dieu même, que je mets à nu devant vous les plus secrètes pensées de mon cœur ! Adieu, Jeanne ! vous me reviendrez, ma bonne amie, surtout quand vous aurez réfléchi qu'après tout, le bonheur bien entendu de Louise peut fort bien s'accorder avec le soin de ma tranquillité. — Vous faites un signe négatif, Jeanne, parce que vous pensez à votre bonheur à vous; mais votre ménage si calme, si heureux, est une exception, vous le savez bien. Dites-moi donc si, en général, une jeune fille que l'on marie à vingt-cinq ans, par exemple, n'a pas assez de temps devant elle pour goûter ce que le mariage peut donner de bonheur aux pauvres femmes et si elle n'en a pas beaucoup trop pour déplorer ce qu'il leur réserve d'affreuses déceptions?

Jeanne lui prit la main qu'elle lui tendait et la reconduisit sans lui dire un mot. Cette femme veut encore plus qu'elle n'a obtenu, pensa-t-elle.

Marguerite avait pourtant bien joué son rôle; mais Jeanne comprenait que c'était un rôle, et Marguerite avait perdu son temps.

XVII.

Maurice et Louise rentrèrent. Jeanne fit un léger signe à son mari, et il laissa en tête à tête la mère et la fille adoptive.

— Marguerite est venue me voir dans la soirée, mon enfant, dit Jeanne, aussitôt que Maurice eut disparu, et nous avons beaucoup causé de toi.

— Chère petite mère Jeanne, qu'avez-vous dit?

A cette question, un triste sourire effleura les lèvres de la mère adoptive. Elle pensait que, la veille encore, Louise l'appelait simplement *ma petite mère*, et que maintenant qu'elle partageait ce nom si doux à l'oreille de la femme avec une autre, Louise disait : *ma petite mère Jeanne, ma petite mère Marguerite*, pour les distinguer. Elles étaient deux maintenant en possession du cœur de l'enfant.

— Raconte moi donc, dit de nouveau Louise, ce que vous avez dit.

— Marguerite, répondit enfin Jeanne, m'a chargée de te demander pour elle un sacrifice. Je ne sais s'il sera léger ou s'il te coûtera beaucoup; je ne suis plus assez la confidente de mon enfant pour avoir une opinion sur ce point.

— Oh ! ma mère, ma petite mère chérie, que tu me fais de peine de me parler ainsi, s'écria Louise avec déchirement.

— Je n'en doute pas, ma fille, mais l'important est de savoir si j'ai ou non raison de t'affliger en te tenant ce langage; en un mot, ma Louise n'aurait-elle point un secret dont elle fait mystère à sa mère?

— L'enfant devint rouge et perdit contenance; Jeanne la regarda, et sous ce regard, expression réservée d'un touchant reproche, son cœur se fendit, les larmes la gagnèrent, et se précipitant sur le sein de sa mère adoptive, la serrant convulsivement dans ses bras :

— Ah ! pardon ! pardon ! disait-elle, toi que j'aime depuis que je me connais, *toi que je préférerai toujours*, ah ! pardonne-moi ! pardonne-moi !

A ces mots : *toi que je préférerai toujours*, le cœur dévoué de Jeanne, ce cœur si noble et si bien fait pour comprendre tous les amours, ressentit le frémissement d'un immense bonheur. Depuis la révélation faite à l'enfant, une grande tristesse l'oppressait; non-seulement Marguerite ne l'avait comptée pour rien en ne l'avertissant même pas avant de faire un acte de cette importance, et elle devait tout attendre de cette femme; mais encore, dans l'exagération de sa douleur, il lui semblait que déjà Louise ne l'aimait plus comme autrefois; aussi, à cette parole murmurée doucement à son oreille : *toi que je préfèrerai toujours*, sa poitrine s'était dilatée, et elle avait senti que ce ne serait jamais Marguerite, mais bien elle qui serait pour l'enfant la véritable mère.

— J'étais folle, pensait-elle, car si Louise me parle ainsi lorsqu'elle est encore sous l'impression des caresses de comédie de *Mme Scot*, quelle rivalité pourrais-je craindre quand bientôt les exigences du rôle qu'elle a choisi, forceront cette mère sans entrailles à se montrer telle qu'elle est aux yeux de sa fille?

Ainsi, la passion entrait dans cette âme si pure, si calme, et jusque là si maîtresse d'elle-même. Elle voulait bien concéder à la mère par le sang une sorte de droit matériel sur l'enfant, si l'on peut ainsi parler, mais son amour, son affection filiale, elle en voulait les préférences : c'était son bien à elle, c'était son trésor, doux trésor qu'elle s'était amassé pendant quinze ans, et dont elle se croyait plus libérale avant que Marguerite eût parlé. Aussi, dans toute sa vie, l'enfant ne lui avait jamais procuré une félicité égale à celle ressentie au moment où ces douces paroles que son cœur avait avidement recueillies étaient descendues de ses lèvres bien-aimées : *Toi que je préférerai toujours* !

— Eh bien, ma Louise chérie, dit-elle à la jeune fille, toi que j'ai nourrie de mon lait, que j'ai toujours appelée *mon enfant*, qui m'as toujours appelée *ma mère*, ouvre-moi ton cœur pour que je te pardonne ! Dimanche matin, tu t'en rappelles, je te disais : Louise, à quoi rêves-tu donc que tu ne parles ni à ton père ni à moi ? Tu devins rouge, mais tu ne me répondis à peu près rien.

— Ah ! ma petite mère, je ne voulais pas, je n'osais pas te dire que je t'avais entendue causer avec mon bon père, et que cette conversation m'avait tout appris, comme je te l'ai confessé tantôt.

— Mais depuis, voyons, Louise, tu as pensé à ton danger?

— C'est vrai, mais je n'ai pas osé te le dire et surtout que je l'avais revu, ajouta-t-elle en appuyant sa tête sur l'épaule de Jeanne.

Celle-ci poursuivit en souriant :

— Voyons, voyons, mademoiselle, aveu complet si vous voulez un pardon sans réserve, et un baiser pour preuve du pardon.

Louise raconta à sa mère adoptive, sincèrement, avec tous ses détails, non sans rougir jusqu'aux oreilles, son entrevue avec Lucien dans la chaumière de la mendiante.

— Pourquoi ne m'as-tu pas dit cela tantôt, au moment où tu venais de quitter ce jeune homme, observa Jeanne: pourquoi ne pas me dire tout, *à moi* qui ne t'ai jamais fait de peine?

— Parce que cela me coûtait trop, chère petite mère, et je n'aurais jamais pu te le dire, si tu ne m'y avais provoqué si gentiment. Maintenant, veux-tu m'embrasser et m'expliquer quel sacrifice me demande ma pauvre mère Marguerite?

—Je veux bien t'embrasser, ma chérie, mais il est tard remettons à une autre fois à causer de ce *qu'on* demande de toi. Va te reposer et prie Dieu qu'il te donne du courage et qu'il t'inspire l'esprit d'abnégation et d'oubli de soi-même, dont nous autres pauvres femmes avons surtout tant de besoin. Bonsoir, mon enfant!

Louise embrassa Jeanne avec effusion, et méditant tristement sur le sens de ses dernières paroles, elle gagna lentement, après cette journée si remplie pour elle d'émotions profondes et diverses, la petite chambre virginale où, quelques jours auparavant, elle avait versé les premières larmes, et où elle devait en verser bien d'autres plus amères encore.

—

LE SACRIFICE.

I.

Plus de deux mois s'étaient écoulés depuis la fête patronale d'Héricourt. La vallée de la Durdan était couverte d'une épaisse couche de neige, les vents d'hiver avaient emporté les dernières feuilles d'automne, le ciel était bas et sombre, le rouge-gorge sautillait aux pieds des haies mortes en faisant entendre son petit cri mélancolique; de toutes les cheminées du village silencieux la fumée des âtres rustiques s'élançait à flots pressés et retombait lourdement vers la terre; la gelée avait frappé d'immobilité les ruisseaux si gazouillans aux jours aimés du soleil; la charmante rivière, également enchaînée sous une épaisse couche de glace, avait cessé ses bruits babillards, la vie sommeillait partout et ressemblait à la mort.

Huit heures du soir venaient de sonner à l'horloge de l'église d'Héricourt; Jeanne et Maurice assis près du foyer de cette petite pièce que nos lecteurs connaissent déjà, gardaient l'un et l'autre un morne silence, aucun bruit ne se faisait autour d'eux que celui du balancier d'une pendule mesurant régulièrement la marche indifférente du temps.

La figure de Jeanne avait perdu ce premier éclat de jeunesse qui jusque-là en faisait un des charmes les plus attrayans, et portait les traces encore toutes récentes d'une immense douleur.

Celle de Maurice était abattue et s'éclairait parfois d'une étrange expression de haine et de fureur contenues.

— Il y a quinze ans, dit enfin Jeanne, il me semble que c'était hier, les deux Louise étaient couchées dans le même berceau, blanches et roses comme deux petits anges. Après que j'eus contemplé pendant quelques mois celle qui était le fruit de nos chères amours, Dieu dit : c'est assez, et il enleva l'enfant à la mère. L'autre Louise me restait, je l'aimais de tout l'amour que j'avais pour les deux, et, j'ose le dire, aucune femme, n'a jamais compris mieux que moi, les saintes affections d'une mère pour son enfant : mon cœur avait dès le premiers jours ratifié l'adoption que ma volonté avait consentie. C'était ma consolation, ma dernière espérance; le hasard lui avait donné mes traits, elle s'appelait Louise aussi, elle était née le même jour que la nôtre. Allaitée pendant quelques mois seulement, au sein d'une nourrice mercenaire, elle avait ensuite puisé au mien le premier aliment de la vie. Pendant quinze ans, je l'ai eue là près de moi, à mes côtés; pas un soleil ne s'est levé que je n'aie reçu son baiser du matin, pas un soleil ne s'est couché, qu'elle ne m'ait donné son doux baiser du soir; j'ai formé son cœur, j'ai cultivé son intelligence, elle m'appelait *ma mère*, je l'appelais *ma fille*. C'était encore trop de bonheur! Dieu m'avait pris la première, Marguerite, m'a enlevé la seconde... et Jeanne éclatant en sanglots se jeta dans les bras de son mari.

— Chère Jeanne, disait ce dernier, notre maison est bien vide, hélas! Louise en était la vie; mais en la perdant nous ne pouvons que l'admirer et la plaindre.

— La plaindre, reprit la pauvre femme, ah! oui, nous devons la plaindre, car le calice est bien autrement amer pour elle que pour nous. A quinze ans! le cœur plein du plus pur, du plus naïf amour! se voir aimée de nous, de *lui*, de tout ce qui l'entourait; porter en son âme l'essaim des plus chères illusions; de la jeunesse, de la beauté, de l'amour, et ainsi pleine de vie et d'espérance; pour accomplir un devoir envers celle qui les a tous foulés aux pieds, placer entre soi et tous les bonheurs dont la fleur était près d'éclore, l'infranchissable barrière d'un couvent! Oh! pauvre enfant! je m'oublie pour pleurer sur toi, car tu souffres plus que moi encore, et tu es seule pour pleurer!

— Est-ce qu'il ne viendra pas un jour, reprit Maurice qui voulait faire une diversion, où cette mère atroce, cette Marguerite que je hais, se verra arracher le masque qu'elle porte si effrontément!... J'avais espéré pendant quelque temps que la lettre qui nous fut apportée par ce pauvre musicien, le soir de la Saint-Mellon...

— Je l'avais espéré aussi, interrompit Jeanne devinant la pensée de son mari; car si Louise pouvait savoir pour quelle mère elle se sacrifie ainsi, peut-être n'eût-elle pas vu un devoir dans le parti qu'elle a pris avec tant d'héroïsme; mais ce n'est ni ta main ni la mienne qui doivent arracher le masque de Marguerite.

En ce moment on frappa légèrement à la porte, et un domestique, la figure toute effarée, dit vivement :

— Monsieur! monsieur! il y a là un homme du château qui vous prie de l'accompagner; M. Scot se meurt, et il vous demande.

Maurice prit son chapeau et s'élança en s'écriant :

— Où est-il cet homme? Courons vite! Pauvre M. Scot, pourvu que j'arrive à temps!

II.

Avant de suivre Maurice au lit de mort de M. Scot, il est indispensable que nos lecteurs connaissent la circonstance de l'entrée de Louise au couvent, et pourquoi, au moment où la vie lui apparaissait si riche d'espérance et de bonheur, elle avait pris le parti de se séparer du monde.

Quand Jeanne avait dit à sa fille adoptive : Mon enfant, tu sauras toujours assez tôt quel est le genre de sacrifice que Marguerite demande de toi, Louise avait longtemps cherché ce que sa mère pouvait exiger d'elle de si douloureux à accomplir; mais, on le comprend, elle n'avait pu trouver le mot de cette sorte d'énigme. Pendant la triste comédie que Marguerite avait jouée avec elle, ces mots : *je vous sacrifierais mon bonheur même*, n'avaient eu dans la bouche de l'enfant que la vague portée d'une parole sincère de dévoûment partie du cœur, dans une explosion de naïve tendresse, mais sans aucune détermination précise. Comment aurait-elle pu, en effet, dans son ignorance absolue de ce qui se passait au fond de l'âme égoïste de sa mère, concevoir l'idée que la sécurité de celle-ci demandait l'immolation du sentiment si doux que l'amour de Lucien lui avait inspiré? Marguerite ne l'avait pas, il est vrai, compris ainsi; mais Marguerite s'était trompée.

Louise attendait donc que Jeanne lui apprît ce qu'elle n'avait pu deviner et il lui semblait que celle-ci s'était exagéré les choses et que le sacrifice qu'il lui faudrait accomplir lui serait toujours doux et facile, puisqu'il serait utile à sa mère. Mais cette confiance d'une âme candide, d'un esprit exempt de ces précocités déplorables, triste apanage de certaines natures ou de certaines éducations, fut de courte durée.

Une semaine ne s'était pas écoulée, en effet, depuis que Jeanne l'avait inutilement préparée à payer son premier tribut à la douleur, lorsqu'un jour des entrevues plusieurs fois répétées de ses deux mères, entrevues auxquelles elle ne fut point appelée, firent passer dans son esprit comme un vague pressentiment de quelque malheur qui la menaçait. Cette lumière mystérieuse qui projette ses douteuses clartés sur les choses qui ne sont pas encore, semblait lui donner un avertissement secret que son amour était menacé.

Le soir étant venu sans que Jeanne lui eût rien révélé, triste, le cœur oppressé, elle se retira de bonne heure pour pleurer en liberté.

Aussitôt que Jeanne et Maurice furent seuls, ils s'enfermèrent avec précaution, et la mère adoptive dit à son mari :

— Avant de prendre un parti, j'ai besoin, mon ami, de savoir l'impression que t'a faite ce jeune homme.

— Cette impression est telle, répondit Maurice, que c'est avec le plus profond désespoir que je verrais notre Louise, qui l'aime d'ailleurs plus qu'elle ne croit, sacrifier à Marguerite son propre cœur et celui de ce pauvre garçon; j'ai d'ailleurs pris les informations les plus minutieuses, comme tu le sais, et tout a justifié les préventions favorables que j'avais conçues de sa personne, quand il est venu me demander la main de notre chère enfant.

— Dans ce cas, reprit Jeanne, ce que nous devons faire est bien simple et se borne à laisser Louise parfaitement libre de choisir entre son bonheur et ce que Mme Scot appelle sa sécurité à elle ; Louise est sa fille, mais elle est la mienne aussi. Je ne puis conspirer contre mon enfant; je ne puis davantage peser sur sa volonté de tout le poids de mon influence, pour lui faire prendre une détermination contraire à ce que Marguerite demande ; je dois rester neutre entre elles. Mais tromper Louise, ce ne serait pas rester neutre, et ce serait la tromper que de ne pas lui dire tout ce que nous savons tout ce que nous pensons de Lucien. Le devoir ne nous permet pas de rester en deçà et d'aller au delà de cette limite, car si Louise est l'enfant de notre cœur, Marguerite est la fille de M. Charles Bruce.

— Rester neutre, dit Maurice ! ah ! c'est affreux , mais il le faut. Nous n'avons pas pensé à tout, Jeanne, en faisant de Louise notre fille !

— Tu as raison, mon ami, mais pouvions-nous , dans tous les cas, imposer des conditions à la mère? Pouvions-nous lui dire : Nous prenons votre enfant, nous sauvons votre honneur, mais vous, vous abdiquez vos droits sur elle? Non, Maurice, nous ne pouvions parler ainsi. Aussi, dussé-je en mourir de douleur, je ne puis m'exposer à entendre, le front courbé, Marguerite me dire : Mon père a sauvé l'honneur du vôtre, et vous, qu'avez-vous fait du mien que je vous avais confié ?

Maurice baissa la tête, et les deux époux convinrent d'expliquer sans plus tarder, à Louise, la nature du sacrifice que sa mère attendait d'elle ; mais en même temps de ne lui rien dissimuler des circonstances qui en rendaient l'accomplissement si douloureux pour la pauvre enfant.

III.

— Écoute-moi bien, chère petite, disait Jeanne le lendemain à sa fille adoptive ; ne perds pas une seule de mes paroles, retiens-les toutes et ensuite tu prendras le parti qu'il te conviendra le mieux de suivre, n'écoutant que tes inspirations personnelles.

Il y a un peu plus de seize ans, à présent, chère Louise, mon père, ce bon vieillard qui t'aimait tant, et sur la tombe duquel nous avons si souvent prié ensemble, se trouva, par suite de pertes considérables, dans une si fâcheuse position qu'il est vrai de dire qu'il était sur le bord de l'abîme. M. Bruce, le père de Marguerite, ton grand-père à toi, mon enfant, vint alors à son aide, lui prêta une somme considérable et le sauva d'une ruine complète et du déshonneur bien pire que la misère pour un homme comme Jacques Fremont. Grâce à cette somme, mon père liquida lui-même les affaires de sa maison de commerce, fit face à toutes ses obligations, et après avoir remboursé son bienfaiteur qui ne voulut jamais accepter d'intérêts, il lui resta, toutes ses dettes payées, cette bonne et belle terre où nous demeurons, qui suffit à nos besoins et à notre ambition.

Un peu moins d'un an après, M. Bruce mourut, il demeurait alors à Paris avec ta mère Marguerite. Moi j'habitais aussi cette ville, parce que j'étais sur le point d'épouser Maurice, et que mon père avait désiré que notre mariage y fût célébré. Nous y restâmes ensuite encore une année, pendant que l'on faisait à cette maison des réparations et des embellissemens indispensables. Or, un soir, vers les dix heures, à la fin du mois d'octobre, ta mère me fit demander un entretien secret. Tu dois penser si j'accueillis à bras ouverts la fille de celui qui avait sauvé l'honneur de mon père. Il me semble que je l'entends encore :

« Chère Jeanne, me disait-elle, je suis une pauvre or-
» pheline, j'ai aimé un homme indigne de moi, il m'a
» déshonorée; j'ai confié à une mercenaire le fruit de ma
» triste faiblesse, car j'ai peur de l'opinion, je n'ai pas le
» courage de remplir aux yeux du monde les devoirs de
» ma coupable maternité. Oh ! de grâce, prenez ma fille,
» prenez mon enfant, elle s'appelle Louise comme la vô-
» tre, elle est née le même jour, il y a un mois. Quand
» vous quitterez Paris, quand vous serez établie à Héri-
» court, vous direz que c'est votre fille à vous, la sœur
» jumelle de votre Louise. Ah ! ne voulez vous pas sauver
» l'honneur de la fille de Charles Bruce? »

Je n'hésitai pas une seconde, je me jetai dans les bras de Marguerite, je lui parlai avec toute la chaleur d'un cœur profondément ému ; j'éprouvais un bonheur indicible à payer la dette de mon père, la dette de la reconnaissance toujours si sacrée pour les âmes honnêtes, une véritable dette de famille enfin, à la fille de notre sauveur à tous.

Le lendemain, j'allai avec ta mère te chercher à Lucienne chez la nourrice à laquelle elle t'avait confiée. Dans la voiture, au retour, ce fut moi qui te portai sur mes genoux. Marguerite me quitta à la porte de la maison que nous habitions. J'aurais voulu ne pas te le dire, mais puisque je t'ai laissée libre d'accepter ou de refuser le sacrifice qu'on demande de toi, il faut bien que tu saches tout. En te quittant, Marguerite oublia de te faire une dernière caresse. Moi, je te pris dans mes bras et courus bien vite te montrer à Maurice, auquel tu adressas ton premier sourire. Je te plaçai ensuite tout doucement auprès de notre petite Louise, côte à côte, dans le même berceau, et, comme elle, je commençai à te nourrir de mon lait. Jamais je n'embrassai un de mes petits anges sans aussitôt embrasser l'autre, et mon bon Maurice était comme moi, il vous aimait toutes deux du même amour. Sept mois après, nous n'avions pas encore quitté Paris; Dieu me retira ma première petite Louise; tu restas seule. Alors Marguerite, qui venait rarement nous voir, s'efforça de me consoler en me disant :

— Je vous laisserai toujours l'enfant : seulement, comme par une maladresse incroyable, ou par une infâme malveillance, elle a été inscrite à l'état civil sous mon nom; que j'ai mon honneur à garder, que j'ai déjà fait à cette exigence de ma situation le sacrifice de vous confier ma fille, j'exige, ma chère Jeanne, que cet acte ne soit jamais produit plus tard sans mon consentement : sous ce rapport, ajouta-t-elle, je n'entends rien abdiquer de mes droits. Puis, elle me dit encore qu'elle sentait bien qu'un jour viendrait où, pour donner quelques apaisemens à son cœur, elle se ferait connaître de toi, mais qu'il lui faudrait bien, quoi qu'il pût lui en coûter, attendre pour cela que tu sois en âge de comprendre l'importance d'une telle révélation et à quelle discrétion elle t'engageait.

Que te dirais-je, chère enfant, je souscrivis à tout; j'aurais fait tous les sacrifices pour te conserver auprès de moi, et puis je ne pouvais, pour toi-même, vouloir te céler à tout jamais le nom de ta véritable mère selon la nature, quand même cela eût été matériellement possible, lorsque celle-ci aurait manifesté le désir de se révéler à toi.

Pendant quinze ans, chère bien aimée, tu n'as pas connu d'autre mère que moi; ma tendresse pour toi, celle de Maurice, n'étaient-elles pas, en effet, celle d'une véritable mère, celle d'un véritable père? Nous l'étions par le cœur, au moins, tu le sais bien, ma Louise, et toi-même nous a aimés comme aiment les enfans.

Depuis quelques jours tu connais la vérité. Marguerite, qui ignorait que mon imprudence te l'eût révélée, a cru te l'apprendre. Je n'ai point été consultée par elle sur l'opportunité de cette résolution, si délicate et si grave. Mais c'est à moi qu'elle s'est adressée pour te demander en son nom un sacrifice dont elle avait besoin pour assurer sa sécurité!... Elle désire que tu ne te maries pas tant que vivra M. Scot!...

La veille de la Saint-Mellon, Louise aurait sauté gaîment au cou de sa mère adoptive en disant : Comment! petite mère, c'est donc là ce grand sacrifice que tu redoutais tant pour ta Louise! Ah! mon Dieu! qu'est-ce que cela me fait, à moi, de me marier ou non; je suis si heureuse avec toi, avec mon bon père, que je souhaite à M. Scot de vivre jusqu'à ce que je sois tout-à-fait vieille fille; je ne veux même pas comprendre pourquoi ma mère Marguerite désire cela. Mais le cœur de Louise avait fait du chemin depuis quelques jours. Aussi, aux dernières paroles de Jeanne, elle s'était bien précipitée dans ses bras, mais non pas rieuse et indifférente, tout au contraire, suffoquée par les sanglots et s'écriant :

— Mais j'aime, moi! tu le sais, ma bonne mère, je te l'ai confessé; j'aime et je suis aimée!

— Oui! mon enfant, tu m'as tout dit; mais je ne t'ai pas tout dit encore, moi, et avant de prendre un parti, il faut que tu saches tout. Hier, celui que tu aimes, pendant que nous étions absentes, s'est présenté à ton père. Tu rougis, ma Louise; tu le savais donc?

— Non, mère, mais je l'ai deviné à l'air dont mon père m'a regardée quand nous sommes rentrées.

Jeanne ne put s'empêcher de sourire en pensant à cette pénétration féminine dont sont douées toutes les femmes dans les choses où leur cœur est intéressé.

— Eh bien! reprit-elle, ce jeune homme a fait aussi, à ce qu'il paraît, la conquête de Maurice; il t'aime beaucoup; il est digne de toi; nous avons pris des informations, et nous sommes convaincus qu'il ferait le bonheur de notre chère enfant. Dans un mois, il sera docteur-médecin; il est laborieux et instruit; il s'établira tout près de nous, dans notre pays, où il est connu et aimé; il a une fortune personnelle qui viendra s'ajouter à la dot que nous t'avons préparée...

Louise n'y tint plus. A cette dernière preuve de la tendre sollicitude dont elle était entourée, elle ne donna pas à Jeanne le loisir de finir sa phrase, et se jetant à son cou, elle la couvrit de ses caresses en disant :

— O pour toi! pour mon père! pour vous deux! je voudrais donner ma vie!

— Laisse-moi, chère bien aimée, murmurait Jeanne en sanglotant, laisse-moi continuer, ne me brise pas!.... Que pouvions-nous répondre à ce pauvre jeune homme avant de connaître le parti que tu voudrais endrepr quand je me serais acquittée auprès de toi de la mission que m'avait donnée Marguerite!... Aussi Maurice l'a ajourné à son retour de Paris... Il a été avec lui bon et cordial, comme il l'est toujours avec les honnêtes gens, mon digne Maurice... Il a dit que tu étais bien jeune, qu'il fallait laisser ton cœur se prononcer... A ces mots, la figure de ce pauvre M. Lucien... C'est Lucien, n'est-ce pas?

— Mais... je crois bien que oui, répondit Louise, en rougissant.

— La figure de ce pauvre M. Lucien, reprit Jeanne, s'est épanouie; Maurice savait bien pourquoi, mais il a eu l'air de tout ignorer; enfin il est parti plein d'espérance, et à son retour de Paris il reviendra savoir si ton cœur s'est prononcé pour lui.... D'ici là, chère Louise, tu réfléchiras, je te laisse libre, c'est mon devoir, et tu le comprends, je n'ai plus qu'un mot à ajouter : Marguerite connaît l'état de ton cœur et la recherche de Lucien.

— Mais, mon Dieu, dit Louise, je ne comprends pas du tout, bonne chérie, je ne comprends pas pourquoi ma mère a besoin du sacrifice qu'elle t'a chargée de me demander pour elle.

— Hélas! ma pauvre enfant, ton acte de naissance l'accuse, et pour se marier.....

Une pâleur mortelle se répandit à ces mots sur la figure de Louise, il lui sembla que son sang s'arrêtait dans ses veines...

— Je comprends maintenant, dit-elle, avec un profond abattement, elle! ou moi!... Elle veut que ce soit moi; à sa place, toi, tu ne l'aurais pas voulu.... J'ai un mois, n'est-ce pas?

— Oui, mon enfant.

— Allons prier Dieu, ma mère!

IV.

— Ah! ça, disait ce jour là même, M. Plumart à son neveu, plus le jour approche où tu dois subir l'épreuve décisive, moins tu travailles et plus tu rêvasses!

— Moi!

— Parbleu! est-ce que je parle au squelette qui est là dans ce bocal, par hasard, maître sot?

— Mais, mon oncle, vous croyez que je rêvasse, et vous vous trompez; je médite.

— *L'homme qui médite est un animal dépravé*, ce n'est pas moi qui le dis, c'est un autre, mais je pense comme lui. La méditation n'est pas un travail, méditer ou rêvasser, c'est tout un. Tâche d'écouter ce que je dis... mais j'ai fait une seconde remarque encore; non seulement tu rêvasses, mais tu parles seul, de toute ta force, autre signe d'une tête qui déménage. Ainsi, il n'y a qu'un instant, tu étais là devant moi et ne m'apercevais même pas, tu regardais je ne sais quoi, puis tout à coup tu t'es écrié : *Ah! chère Louise!*...tu vois bien que tu te découvres comme un niais et que ta tête se vide. Bref tout ce manége me prouve clair comme le jour, que tu penses autant à ta thèse, qu'à prendre un bain froid!

— Oh! je vous jure, mon bon oncle, que je connais ma matière comme vous connaissez votre *Pater*.

— Fatuité d'ignorant..... Dans tous les cas, si tu connais ta matière, au train dont tu vas tu l'auras bientôt oubliée! Car ose me démentir, ose me soutenir qu'une Louise quelconque ne te trotte pas dans la cervelle? Qu'est-ce que c'est que cette Louise là pour laquelle tu me prenais tout à l'heure? est-ce la demoiselle aux quinze mille francs de rente *en espérance*? Il faudrait alors se bien assurer que les immeubles sont nets d'hypothèques, se faire délivrer un certificat par le conservateur, étudier la position, connaître l'importance de la dot, s'assurer d'avance d'un bon placement, dans la crainte d'avoir à supporter des *morts-intérêts*, ce qui est bien la peste la plus terrible que je connaisse! Tiens, vois-tu, les *morts-intérêts*, c'est de l'argent qui ne travaille pas, c'est un argent qui *médite*, c'est un argent *dépravé*.

— Mon oncle, vous savez si j'ai confiance en vous?

— Je sais cela, moi?

— Ah! pouvez-vous en douter?

— Je me donne cette licence. Mais, après tout, que signifie ce préambule? ne peux-tu aller droit au fait? me dire en deux mots ce que tu veux me dire sans gaspiller ainsi le temps? Me prends-tu pour un *congrès*?

— Eh bien! mon oncle, vous avez raison, je voulais vous parler de cela tantôt après dîner, à tête reposée, en nous chauffant tranquillement; mais puisque vous m'avez vous-même mis sur la voie, je vous dirai qu'il s'agit en effet de la demoiselle aux quinze mille francs de rente *en espérance*, j'ai fait hier une démarche auprès de son père...

— Démarche préalable, je suppose, interrompit Plumart, pour savoir combien il donnait en dot, et sauf à se revoir.

—Bien entendu, mon oncle, *sauf à se revoir*, et c'est parce que ma démarche avait ce caractère, que je n'ai pas cru utile de vous en parler; avant tout je voulais avoir quelque chose de positif à vous dire.

— Eh bien! voyons ce positif.

— Le père est très bien, un homme franc, d'un caractère très sympathique; la mère, une femme charmante, d'une grande distinction naturelle, encore fort jolie, et la demoiselle, ah! elle est ravissante, et si vous la voyiez, mon oncle!... tout plaît en elle, tout, jusqu'à son nom si doux! si mélodieux!

Lucien s'oubliait, Plumart le lui fit bien voir.

— Ah! ça, maître drôle, me prends-tu, par hasard, pour un confident de comédie? s'écria-t-il brusquement. — Qu'est-ce que ça me fait, à moi, le père, la mère, la fille? Parbleu, est-ce que je ne sais pas bien qu'un père, une mère et une fille, c'est toujours la même chose?.... Te joue-tu de moi, crois-tu me faire prendre tout ce bavardage *mélodieux* pour du *positif*? Crois-tu ton oncle Plumart métamorphosé en nigaud pour te permettre de lui donner ainsi le change?

— Ah! mon oncle, ne sauriez-vous me pardonner une pauvre distraction!

— *Une* distraction! mais en voilà bientôt plus d'une vingtaine, toutes plus extravagantes les unes que les autres, que tu te permets depuis moins d'une heure! Allons, voyons, parle, parle *chiffres*, dis-moi ce que le père compte donner, le chiffre, rien que le chiffre!

— Oui, mon oncle, le chiffre, rien que le chiffre! Eh bien! mon bon oncle...

— Je ne suis pas si bon.

— Mon *cher* oncle, c'est précisément le chiffre que j'ai demandé au père, en lui faisant observer que ma fortune était de six mille francs de rente...

— Ta fortune *présente*, mais tes espérances, tu n'en as donc pas parlé de tes espérances?

— Ah! mon oncle, mon *bon*, c'est à-dire *cher* oncle, des espérances fondées sur votre mort! pouvez-vous bien vous servir d'une vilaine expression comme celle-là! Moi, qui donnerais la moitié de mon sang pour prolonger votre vie au delà des plus extrêmes limites octroyées à l'homme!

— Je veux bien te croire, parce qu'il y a longtemps que je me suis aperçu que tu étais d'une pâte comme cela; je t'excuse, parce que c'est moi qui suis l'objet de cette générosité qui te fait préférer ma vie, qui ne te vaudra jamais grand'chose, à ma mort qui te ferait riche tout d'un coup; mais, franchement, si tu avais deux oncles Plumart, je ne te pardonnerais jamais d'avoir pour l'autre une aussi ridicule faiblesse. Continue.

— Monsieur, ai-je dit au père, si nous devons jamais faire affaire ensemble, je désirerais que vous ayez la même franchise que moi et que vous me disiez de suite à quel *chiffre* s'élèverait la dot que vous avez l'intention de donner à Mlle Louise, parce que vous concevez...—Monsieur, s'est-il empressé de me répondre, je connais votre position; je connais celle de votre respectable oncle Plumart, dont vous êtes l'unique héritier. C'est un homme d'une rectitude d'esprit des plus remarquables, et...

— Le chiffre de la dot, bavard! le chiffre! dis-moi le chiffre!

— A cause de cela, a-t-il ajouté, j'élèverai le chiffre de la dot que je comptais donner à ma fille...

— A quelle somme s'élèvera-t-il, le diras-tu enfin?

— Et je vous en déterminerai l'importance aussitôt que vous serez reçu docteur; j'espère qu'il vous paraîtra en rapport avec votre brillante position.

— Quand j'ai entendu que tu lui demandais le chiffre, je me suis dit: Il n'est pas si sot que je le croyais. Mais je vois bien maintenant que je m'étais trompé. N'en parlons plus. Nous verrons cela quand tu seras reçu docteur; jusque là il est parfaitement inutile de s'en occuper: il faut attendre que nous connaissions le chiffre.

— Mais, mon oncle, vous ne me demandez pas le nom...

— Le nom... Qu'est-ce que tu veux que j'en fasse de ton nom? Tout le monde a un nom; mais tout le monde n'a pas d'argent. Quand nous aurons le chiffre, il sera temps de connaître le nom.

— C'est que quelquefois le nom est une indication du chiffre.

— Ça s'est vu. Eh bien, dis-le ce nom.

— M. Maurice d'Héricourt.

— M. Maurice d'Héricourt, c'est solide cela. Je le connais mieux que toi; ancien commis de son beau-père, Jacques Fremont, riche négociant de Dieppe, un ancien commis, ça connait le prix de l'argent: ça a gagné cent francs par mois! Ta demoiselle Louise est un enfant unique, c'est vrai. Ce pauvre Jacques Fremont, je l'ai connu deux fois millionnaire, et il n'a laissé à sa fille que sa terre d'Héricourt, à laquelle M. Maurice a ajouté ses deux ou trois mille francs de rente. Faites donc de grosses affaires pour être ruiné par les faillites: car ce sont les faillites qui l'ont ruiné ce brave Jacques Fremont. N'importe, sa petite fille est encore un parti passable, et si tu sais t'y prendre, tu tireras triple dot des parens en quinze ou vingt ans. Ils ont la passion de leur fille. Il y a tant de folies dans le monde! Tu peux profiter de celle-là. Quant à moi, tu sais, de mon vivant tu n'as rien à attendre. Pourtant, je ferai un cadeau à la mariée: j'ai là quelque part une paire de pendans d'oreille en *or massif* qui me viennent de feue ta tante Radegonde, ma défunte sœur. *Ils valent gros*, sois tranquille; je lui coulerai cela dans la main le jour du contrat.

— Merci, mon oncle, de toutes vos bontés.

—Allons, mets-toi un peu à travailler *ta matière*, c'est là la grande affaire pour le moment; plus tard, quand nous connaîtrons le *chiffre*, nous travaillerons à l'autre.

V.

Pendant que Lucien faisait des rêves de bonheur en attendant le jour où l'ouverture des écoles publiques lui permettrait de prendre utilement son vol vers Paris, Louise s'efforçait de s'arracher, par une résolution sublime, aux hésitations douloureuses de son esprit et de son cœur. Le récit de Jeanne, dont elle avait scrupuleusement médité tous les détails, car pas un seul n'était indifférent pour elle, lui faisait apparaître le caractère de Marguerite sous son véritable jour. Jeanne n'avait pas fait de commentaires. La noble femme n'avait sacrifié ni les affections de son cœur, ni son devoir; elle était restée neutre, comme elle se l'était promis, se bornant à raconter simplement les faits. Mais ces faits, présentés sans artifice, n'étaient-ils pas suffisans pour jeter une ineffaçable flétrissure sur celle qui, après quinze ans de silence, ne s'était rappelée qu'elle était mère qu'au moment juste où cette maternité redevenait un danger pour elle, et do t la première pensée, en se faisant connaître à son enfant, avait été de lui demander le plus douloureux des sacrifices? Dès lors, toutes les démonstrations de cette subite tendresse auxquelles Louise avait cru si naïvement n'étaient-elles pas maintenant suspectes? Se serait-elle tant pressée, elle qui avait tant attendu, si elle n'eût eu soupçon que le cœur de sa fille était prêt à se donner, et si elle n'eût vu un danger pour elle dans cet amour qui commençait? Ces réflexions se présentaient dans toute la force lucide de leur vérité à l'esprit de Louise. Une voix intérieure lui disait : Voilà celle pour qui tu voudrais sacrifier ta jeunesse, ta beauté, ton bonheur, et empoisonner la vie de Jeanne et de Maurice, c'est-à-dire de ceux-là seulement qui t'ont toujours aimée, et que tu aimes toi-même d'une égale affection! Mais une autre voix répondait aussitôt : Qu'importe! puisque c'est ta mère. Le dévouement, le sacrifice, seraient-ils donc une vertu, s'ils ne nous coûtaient nos plus précieuses larmes? Ta mère te demande de lui laisser l'estime de son mari et du monde. De quel nom faudrait-il t'appeler, si tu lui répondais : Ce n'est pas à moi, c'est à vous que revient le sacrifice? A moi le bonheur, à vous la honte! Est-ce que cette idée seule ne te fait pas frissonner? Fille d'une mère que tu aurais ainsi livrée à l'opprobre public, où irais-tu ensuite te cacher toi-même et sur quel cœur honnête pourrais-tu appuyer ta tête?

Louise entendait cette voix comme elle avait entendu la première et se disait : Oh! mon Dieu! que ce calice est amer! Pourtant! car je l'aime *lui*! Il est toujours là! toujours là devant moi avec ses yeux qui me regardent, ses yeux si doux, si vrais! Allons, mon Dieu! c'était un rêve, il fait jour maintenant, c'est le réveil! Et elle prit la résolution de s'immoler pour sauver l'honneur de sa mère!

— Chère bien aimée, dit-elle à Jeanne avec l'accent d'une profonde résignation quand elle se fut rendue maîtresse de son cœur, j'ai pris mon parti, je renonce au bonheur; je te demande seulement d'obtenir d'*elle* qu'il ne soit jamais question entre nous deux de ce *qu'elle* m'a demandé et de ce que j'ai fait.

— Oui, chère enfant, répondit Jeanne émue jusqu'aux larmes, je l'exigerai d'*elle*.

— Merci, ma toute chérie...

Et s'étant arrêtée un instant les yeux fixés sur sa mère adoptive:

— Comme je te ressemble, *à toi*, dit-elle. Ah! Jeanne! Jeanne! pourquoi n'es-tu pas ma mère tout à fait?

Et ces deux nobles cœurs, purs et dévoués, serrés l'un contre l'autre, semblaient vouloir se confondre dans un intime embrassement!

VI.

Le sacrifice de Louise était fait, il était irrévocable. Mais le calme pouvait-il pour cela rentrer dans son sein? Avait-elle cessé d'aimer parce qu'elle avait sacrifié son amour? Que devenir alors, et comment étouffer toutes ces aspirations si douloureuses, par cela même qu'elles étaient sans but! Elle avait touché du bout de ses lèvres pures ce calice dont le breuvage céleste donne à l'âme les ivresses mystérieuses du bonheur; puis, par un sublime effort de sa volonté, elle l'avait rejeté loin d'elle; mais le souvenir de ce moment rapide qui avait illuminé sa vie, elle était impuissante à l'arracher de son cœur : c'était un tourment puisque ce n'était plus une espérance, et ce cœur pourtant avait soif d'espérance et d'amour!... Dans cette crise désespérée, Louise se tourna vers Dieu! Toutes les ardeurs de son âme cherchèrent leur aliment vers ces régions sans nuages où règne l'éternelle sérénité! Elle s'exalta dans la prière, dans la prière ardente, enflammée, qui ravit, transporte et transforme pour ainsi dire chez certaines natures l'être moral tout entier.

Jeanne observait d'un œil attentif les labeurs spirituels de son enfant aimée dans le but de donner le change à son amour. Elle la voyait chaque jour plus recueillie, plus absorbée, plus pieuse! Elle voyait tout, cette admirable mère, tout, jusqu'aux plus secrets, aux plus intimes mouvemens de l'âme de sa fille; aussi, vers le milieu du mois de novembre, elle disait à Maurice, qui ne la comprenait pas : Pauvre ami, Louise nous échappe!

Jeanne ne se trompait pas, car le lendemain même du jour où elle avait dit à Maurice : *Louise nous échappe*, celle-ci, dont la jolie figure portait les traces des émotions et des luttes profondes qui l'agitaient, se jetait dans ses bras en lui disant : — Ah! ne me maudis pas, mais Dieu m'appelle! Je veux me consacrer à lui! Je prierai pour toi, pour mon père, *pour tous ceux qui m'aiment*. Je vous aimerai toujours, oh! oui, toujours! Mais laisse-moi, mère chérie, laisse-moi m'enfermer dans un couvent! C'est un sacrifice que je te demande, à toi qui ne m'en a jamais demandé! Ne me refuse pas! Fais comme moi, je n'ai pas refusé, et pourtant j'ai bien souffert! Je souffre bien toujours! Mais vois-tu, il faut que *j'oublie* ou que je meure! Laisse-moi vivre! Dieu me consolera! Ici ce serait impossible. *Il va revenir*. Quand mon père lui aura dit : Mon pauvre Lucien, il ne faut plus penser à Louise, il faut y renoncer et ne pas me demander pourquoi tout est changé en si peu de temps, parce que je ne pourrais répondre à cette question! Crois-tu, ma mère, que tout sera dit pour cela? Oh! non, car il m'aime! Il fera donc mille tentatives pour parvenir jusqu'à moi; il emploiera mille moyens, et moi, que deviendrais-je alors, *car je l'aime aussi, moi*! Pourrai-je l'oublier quand tout me dira : Il est là, il pense à toi, il souffre, veux-tu donc le désespérer? Ah! ma mère! ma mère! laisse-moi m'arracher à ta tendresse, puisqu'il n'y a que ce moyen, pour ton enfant, de rester fidèle à son sacrifice sans en mourir de douleur!

Jeanne, éperdue, pâle, sans voix, restait immobile devant Louise. Toutes les tendresses de son cœur se révoltaient à l'idée de vivre séparée d'elle!... Enfin, ces paroles amères tombèrent de ses lèvres :

— Marguerite Bruce sera bien heureuse en apprenant que sa fille a, d'elle-même, devancé son vœu le plus ardent, quand elle saura que cette enfant qui la gêne pourra pleurer désormais son bonheur perdu sans que ses larmes inquiètent sa susceptible tranquillité!... Viens, ma Louise, ajouta-t-elle, viens sur mon cœur, mon enfant! Je suis femme comme toi, comme toi j'ai aimé; que le ciel ne t'a-t-il accordé ma destinée! Je sais, puisque je l'ai éprouvé, que l'amour, à ses commencemens, déborde tous nos autres sentimens; que nos affections les plus directes, celles que la nature a pour ainsi dire gravées en nous, s'effacent et pâlissent devant cette grande exaltation, ce ravissement inexprimable de l'âme. Je ne te ferai donc pas de reproche; je ne te dirai point, ma Louise : Que veux-tu que nous devenions, Maurice et moi, dans cette maison dont tu es la fête, le bruit et la vie, alors que tu l'auras quittée! Puisque Jeanne ne peut plus suffire à ton cœur, quelle parole pourrait-elle trouver qui, plus puissante qu'elle-même, produisît l'effet magique de te retenir? Je ne te demanderai donc point ce nouveau sacrifice. Pauvre enfant! ce serait t'accabler que de t'en imposer ainsi deux coup sur coup! Non, ma Louise, non, rassure-toi, je t'aime pour toi-même, j'aime comme aiment les mères, moi. Dieu seul peut te consoler; hélas! je ne le comprends que trop bien! Que Dieu te reçoive donc et ne tienne lieu de tout ce que tu perds! Mais, ne te fais pas illusion, tu peux te consoler, mais oublier, jamais! Les cœurs qui cherchent l'infini sont des cœurs fidèles!

Louise, mon enfant, ne pleure pas sur moi, j'ai du courage, et puis nous sommes chrétiennes toutes deux, ma fille nous avons notre héroïsme aussi, nous! Mais, Maurice, lui, il faut le ménager, il faut nous concerter pour lui faire cette révélation nouvelle, user de transition, de sorte qu'il ait compris avant que le mot ait été dit, car il t'aime beaucoup ton pauvre père, et le premier mouvement sera terrible et violent... Les hommes aiment ainsi, cher enfant, mais leurs cœurs ne sont pas meilleurs que les nôtres pour cela, car ils oublient, eux, et comme les femmes se souviennent toujours, ils ne comprennent pas qu'elles ne puissent se passer de Dieu.

Louise prit la main de Jeanne, et après l'avoir portée à ses lèvres, elle la plaça sur son cœur. Il te sera fidèle, dit-elle, jusqu'à ce qu'il soit glacé.

Quinze jours après, la fille de Marguerite Bruce entrait comme postulante au couvent des Dames ursulines de Rouen. Jeanne seule l'accompagnait. Maurice ne s'était pas senti assez fort pour se joindre à elle. Il y a un genre de courage que les hommes n'ont pas et qu'on pourrait appeler le courage de la femme; c'est celui qui donne la force d'aller pour ainsi dire jusqu'au fond des douleurs les plus déchirantes et de s'en imprégner sans pitié pour son propre cœur. Jeanne l'avait, ce courage là. Elle accompagna donc Louise et ne la quitta qu'au suprême moment au moment où la dernière porte de l'asile qu'elle s'était choisi se fut refermée sur elle. Elle resta ferme et courageuse en disant à sa fille le dernier adieu, en lui donnant le dernier baiser. Maurice se serait désespéré sans songer que son désespoir briserait le cœur de Louise; Jeanne attendit sans pleurer qu'elle fût hors de sa vue. Touchant dévouement! connu de la femme seule et qui sacrifie jusqu'à ses larmes à l'objet aimé!

En quittant cet asile du silence et de la prière qui allait être désormais celui de l'enfant sur laquelle avait reposé pendant quinze ans ses plus chères espérances, Jeanne se disait : Oh! comme le deuil est au bout de toutes nos joies et de tous nos bonheurs! Moi, la plus heureuse des femmes, j'ai vu mourir ma première petite Louise, ensuite j'ai vu mourir le meilleur des pères, et maintenant l'autre Louise aussi est perdue pour moi! Et la pauvre femme laissa couler alors les pleurs que son héroïsme maternel avait retenus au fond de son cœur!

— Maintenant, dit-elle à Maurice, quand au retour elle franchit le seuil de sa maison désolée, maintenant, mon ami, nous sommes quittes envers la fille de M. Bruce, la dette de famille est payée.

Maurice ne répondit rien, il avait pris Marguerite en exécration, et en ce moment sa haine et sa colère donnaient une sorte de trêve à sa douleur.

VII.

L'entrée de Louise au couvent des religieuses ursulines servait à souhait, ainsi que Jeanne l'avait dit à Louise, les vœux secrets de Marguerite. Elle combinait les moyens à l'aide desquels elle entraînerait sa fille vers cette détermination, elle méditait les scènes de quelque nouvelle comédie pour obtenir ce dernier sacrifice de son enfant, quand, de son propre mouvement, d'elle-même, Louise avait été au devant de ses désirs égoïstes. Désormais, le secret de cette mère indigne, serait comme enseveli dans la tombe, sa faute resterait couverte du voile éternel du silence et de l'oubli; son orgueil, qu'elle appelait son honneur, n'avait plus rien à redouter, et, femme irréprochable aux yeux du monde et de son mari, elle pouvait toujours marcher la tête haute! Elle n'avait rien à craindre de Jeanne et de Maurice, elle le savait. Il lui restait bien sa conscience, mais à force de fermer l'oreille à la voix de ce juge incommode, elle avait fini par ne plus l'entendre; tout était bien, tout était pour le mieux; elle reprit donc son assurance puisque rien ne pouvait plus troubler sa sécurité. Seulement elle s'aperçut bien vite après le départ de l'enfant qu'auprès des premiers confidens de son déshonneur, elle n'avait plus la situation commode qu'elle occupait auparavant. Aussi se sentant au bout de son rôle, elle osa à peine répondre, en apprenant d'eux la nouvelle dont elle était autant étonnée que réjouie, par quelques phrases misérablement médiocres pour un génie comme le sien. Le regard de Jeanne surtout, ce regard net et clair, lumière d'une âme droite pénétrant jusques dans les intimités les plus profondes de la sienne, ce regard la gênait affreusement, tandis que celui de Maurice, tout rempli d'éclairs menaçans, lui faisait appréhender l'explosion de quelque orage qu'elle n'était pas en état de conjurer. Elle se retira donc sans se plaindre, comme elle en avait eu le dessein, de ce qu'elle avait été privée de donner à sa fille un dernier baiser d'adieu, l'audace lui manquant pour aborder ce dernier acte de sa hideuse comédie.

Depuis lors elle n'avait plus revu le père et la mère adoptifs de Louise. M. Scot s'était bien plaint quelquefois que ses anciens amis le délaissaient, mais elle, en attendant qu'elle eût préparé quelque histoire que son mari croirait sur parole, les excusait auprès de lui en faisant valoir les rigueurs de l'hiver, la neige qui couvrait le sol et rendait les communications si pénibles; excuses que le pauvre vieillard avait accueillies avec d'autant plus de facilité qu'il aimait véritablement *ses bons voisins*, comme il les appelait, et qu'il n'avait d'ailleurs aucune raison pour les accuser de légèreté et de caprice.

Les choses en étaient là au moment où Maurice fut prié de se rendre au château, près de son vieil ami qui se mourait.

VIII.

Pendant qu'il s'empressait de remplir ce pieux devoir en marchant d'un pas désordonné à travers des sentiers perdus dans la neige, Philippe Lauriol, notre ancienne connaissance, la flûte de l'orchestre d'Héricourt, et généralement connu sous le surnom de *Gascon*, voyait entrer dans sa petite chaumière enfumée le fameux *mossieu à la lettre*.

— Me reconnais-tu? dit celui-ci en entrant.

— Moi! très bien, c'est vous qui m'aviez chargé, il y a deux mois, le jour de la Saint-Mellon, d'une petite commission pour Mlle Louise.

— C'est moi-même.

— Eh! bien, mossieu, vous allez sans doute bien m'en vouloir, j'ai bien porté votre lettre, mais pas à son adresse.

— Comment, malheureux!

— Dam, écoutez donc : le père Tacheux, qu'est notre chef d'orchestre, qu'est un ancien, m'a dit qu'on ne devait jamais remettre de lettre à une jeunesse qu'avait père et mère. J'ai eu beau lui suggérer que la vôtre était toute petite, que celui qui me l'avait remise était un homme d'un certain âge, entre quarante et quarante-cinq ans, il s'est obstiné, et m'a dit qu'il fallait la remettre au père si je ne vous revoyais pas; je ne vous ai pas revu, je l'ai remise au père.

— Alors le mal n'est pas grand. Mais c'est bien vrai, au moins, ce que tu me dis là, tu l'as bien remise à M. Maurice?

— Vrai, comme je m'appelle Philippe Lauriol, natif de Bordeaux, pour vous obéir.

— Touche là, mon garçon, nous sommes *pays*.

Philippe toucha avec une respectueuse circonspection la main qui lui était offerte en disant : Eh! bien! je m'en étais douté!

— A quoi?

— A l'accent.

— Diable d'accent! dit le monsieur à la lettre, ça nait et ça meurt avec nous.

— A propos, reprit Philippe, il y a les *quinze francs*.

— Je ne reprends jamais ce que je donne.

Tant mieux pensa la flûte, car pour l'heure je ne pourrais les rendre *au pays*, d'autant plus que les pauvres honteux en ont hérité. — Merci, dit-il, après avoir fait cette réflexion à part lui, et il ajouta aussitôt : si comme *j'ai eu celui* de le penser vous êtes un oncle de Mlle Louise, vous savez ce qui lui est arrivé.

— Moi, mon Dieu non... Mais parle donc, parle vite ; est-ce un malheur ?

— C'est pas un bonheur, toujours.

— Mais, parles donc, tu vois bien que je suis sur des charbons !

— Elle est au couvent.

— Elle est au couvent !

— Comme j'ai *celui* de vous le dire.

— Mais, mon Dieu, qui a pu lui faire prendre une pareille détermination, jeune, charmante, riche !... Que s'est-il donc passé ?

— Il s'est passé qu'à la dernière Saint-Mellon, *elle a été aimée* d'un beau jeune homme qui s'en est épris, après l'avoir fait danser un peu plus souvent qu'à son tour. Vous le savez bien, car je vous ai vu derrière un arbre, qui la regardiez avec de vrais yeux de père, je veux dire d'oncle; si bien que de l'avoir fait danser et de s'en être épris, il en a fait la demande aux parens. Il paraît qu'il était bien du goût de la petite demoiselle, et c'est bien pardonnable, une jeune fille, ça a le cœur si tendre à cet âge-là ! Mais il faut croire qu'il y a eu de la contrariété d'un côté ou de l'autre, car Pierre, le jardinier de M. Maurice, qui m'a conté tout, m'a dit que le jeune mossieu n'était pas revenu depuis; que madame avait beaucoup pleuré et la jeune demoiselle aussi; enfin, que cette pauvre petite, voyant qu'elle ne pouvait pas épouser celui qu'elle aime, voulait se faire religieuse. La preuve que Pierre en sait long sur tout cela, c'est qu'il y a environ quinze jours qu'il m'en parlait et qu'à l'heure qu'il est Mlle Louise demeure aux Ursulines de Rouen pour apprendre l'état.

Pendant le récit naïf de Philippe, la figure de son interlocuteur avait pris alternativement des expressions de douleur et de colère; puis, comme s'il se fût arrêté rapidement à quelque grande résolution, elle était redevenue calme et presque souriante.

— Merci, *pays*, dit-il après un instant de silence, mais ce que tu me dis m'étonne d'autant plus que, d'après ce que j'ai appris le soir même de la fête et avant de quitter Héricourt, le jeune homme qui *s'était épris* de Mlle Louise, M. Lucien Coursel enfin, serait un brave garçon et un excellent parti.

— Parfait, mossieu, riche par lui-même, neveu du fameux Plumart, riche à mort, et son unique héritier; de plus il va être docteur médecin dans peu de temps, s'il ne l'est déjà à l'heure où je vous parle; après ça qu'il aime Mlle Louise, comme la bonne Vierge et peut être encore plus. Il paraît que M. Maurice l'avait flatté d'espérance. Va t'y être malheureux quand il va être revenu en apprenant que sa promise apprend l'état de religieuse, d'autant plus qu'on dit que c'est sa première inclination !

— Eh bien ! mon ami, oncle ou non, comme je porte un grand intérêt à Mlle Louise, ce que tu m'apprends me fait beaucoup de peine ; mais j'espère pourtant que tout cela s'arrangera. Au surplus, si tu peux te taire sur ma visite pendant une semaine ou deux tout au plus tu n'auras qu'à te féliciter de ta discrétion.

— Je serai muet, je vous le jure.

— Adieu, *pays*.

— Adieu, mossieu : Si vous pouvez quelque chose pour nous ramener Mlle Louise, *oncle ou non*, ne vous épargnez pas, car il n'y a qu'une voix dans toute la commune pour la regretter.

— Nous tâcherons de contenter la commune, mon ami, dit en s'éloignant le *mossieu à la lettre*, qui regagna comme il put, à travers glace et neige, l'auberge du *Grand Saint-Laurent*, où il était descendu faute de mieux.

En le voyant rentrer, la mère Patin s'empressa de jeter un fagot presque entier dans son unique cheminée, en disant, sous forme de question insidieuse, car elle brûlait depuis longtemps du désir de pénétrer le secret de son identité : « Monsieur a quelquefois entendu parler du riche M. Scot, le propriétaire du château d'Héricourt?... » Et la mère Patin suspendit habilement sa phrase, dans l'espoir d'une réponse ; mais son hôte mystérieux se contenta de dire ce seul mot : « Après ? — Dam ! c'est qu'en ce moment il paraît qu'il est bien malade, poursuivit la vieille normande toute désappointée... mais si monsieur ne le connaît pas, ça lui est bien indifférent. — Parfaitement indifférent. » Il n'y avait plus moyen d'insister ; aussi la souveraine du *Grand Saint-Laurent* se le tint pour dit.

Le lendemain matin, avant de monter dans le patachon qui devait le conduire au chemin de fer du Havre à Paris, l'hôte de la mère Patin lui dit :

— A propos, et ce riche monsieur, le propriétaire du château d'Héricourt, est-il mort ou vivant ?

— Il est mort hier soir, de neuf à dix heures ; sa goutte l'a étouffé; c'est sûr, je le tiens d'un de ses domestiques... Mais ça ne vous fait pas grand chose, puisque vous ne le connaissez pas.

Diable de race, pensa l'étranger en prenant place dans la voiture qui l'attendait, quelle curiosité tenace ! et, feignant de n'avoir entendu qu'une partie de la réponse : « Ah ! cette goutte, c'est vraiment bien traître, dit-il; adieu, ma bonne femme. »

IX.

Aussitôt que Maurice fut introduit dans la chambre de M. Scot, il apprit que la goutte dont le malade avait été tourmenté depuis plusieurs jours était, depuis quatre ou cinq heures, remontée à la poitrine, et qu'il était vraiment en danger de mort.

— Monsieur ! lui avait dit Marguerite en allant à sa rencontre, mon pauvre mari vous ayant demandé, j'ai pris la liberté de vous prier de venir voir.

— M. Scot, avait répondu Maurice, a toujours daigné me témoigner une vive amitié, aussi je me suis empressé de me rendre à *son* appel.

Et, s'avançant près du lit du moribond, il lui adressa quelques paroles affectueuses d'encouragement et d'espoir que celui-ci n'entendit pas, car il n'avait déjà plus conscience de ce qui se passait autour de lui.

— Et le docteur Joubonel qui n'arrive pas ! mais c'est affreux cela, disait Marguerite.

Un quart d'heure s'écoula, et le malade, de plus en plus suffoqué, aspirant l'air avec un bruit rauque qui avait quelque chose de sinistre, fit un suprême effort, se souleva convulsivement, paraissant vouloir saisir quelque objet invisible, puis retomba comme une masse inerte sur sa couche. Maurice s'approcha, plaça son oreille près la bouche du vieillard, posa la main sur son cœur; puis, se redressant, il se tourna vers Marguerite et dit tristement :

— Tout est fini, madame !

— Déjà, mon Dieu ! dit elle. Mais c'est un coup de tonnerre !

En ce moment un domestique entra en annonçant que le docteur Joubonel avait depuis quelques jours fait une chute sur la glace et qu'il s'était cassé la jambe. Maurice lui fit un geste significatif, et il se retira terrifié.

— Puis-je maintenant vous être bon à quelque chose ? dit-il ensuite froidement à Marguerite.

A cette question, les deux ou trois personnes de service demeurées dans la chambre se levèrent silencieusement et sortirent. Alors Marguerite, dont le visage était resté de marbre en présence de ce spectacle toujours solennel de la mort, regardant fixement le père adoptif de sa fille, dit :

— Il y a quelques jours encore, j'aurais répondu à la question que vous m'adressez par un *oui* affectueux ; aujourd'hui, je vous réponds tout simplement : *non*, monsieur. Je ne veux point, en effet, recevoir de service de ceux qui m'ont privée du bonheur d'embrasser une dernière fois ma fille avant son départ pour le couvent.

C'était l'acte final de la comédie ; elle n'avait pas osé le risquer lors de sa dernière visite à Jeanne depuis que Louise était partie ; nous en avons dit la raison. Maintenant elle avait cru l'occasion admirable pour placer cette suprême hypocrisie et elle en profitait.

Maurice ressentit une telle indignation en l'écoutant, qu'il en devint d'une pâleur livide ; une de ces colères froides, qu'on pourrait appeler la colère du mépris, colère des âmes honnêtes déconcertées par le spectacle de bassesses imprévues, s'était emparée de la sienne.

— Madame, dit-il d'une voix stridente, prenez garde ! vous venez de dire *ma fille* ; si je m'étais trompé, si M. Scot n'était pas mort !...

Par un de ces mouvemens plus forts que la volonté, résultat d'une sorte de fascination, Marguerite tourna vivement la tête vers le lit où venait d'expirer son mari. Puis honteuse d'elle-même, honteuse de l'humiliation qu'elle venait de subir, elle reprit presque aussitôt sa première position ; mais Maurice, pendant que, tombée dans le piége qu'il lui avait tendu, elle jetait un regard inquiet sur la couche funèbre, avait quitté sans bruit la chambre, de sorte que, lorsqu'elle le chercha des yeux, elle ne le vit plus... Elle était seule avec le mort ! A son tour, elle sortit confuse, stupéfiée ; mais ces impressions furent de courte durée. Qu'importe, pensa-t-elle bientôt ; au moins ni lui, ni elle ne viendront plus m'obséder en me disant : —Que vous importe le monde : vous êtes veuve, maintenant, rendez-nous notre chère enfant ; consentez à son bonheur.—Comme si, épouse ou veuve, le monde n'était pas toujours là, implacable, inexorable dans ses jugemens ! Je voulais, pour en finir une bonne fois avec ces tracasseries, trouver un prétexte pour leur fermer ma porte : ce sont eux qui me le fournissent, encore mieux !..

C'était ainsi qu'en présence de ce mort encore chaud des dernières chaleurs de la vie qui venait de s'éteindre en lui, de ce mort qui avait été son époux, dont le nom restait encore le sien, dans cette atmosphère toute remplie des avertissemens de l'éternelle vérité, elle restait comme imprégnée de mensonge et d'orgueil, ces deux hôtes inséparables des âmes dégradées.

—Eh bien ! dit Jeanne, aussitôt que Maurice fut de retour.

— Il est mort.

— Ah ! mon Dieu ! si promptement ! et *elle*, la pauvre malheureuse !

— *La pauvre malheureuse n'a point de service à recevoir de ceux qui l'ont privée du bonheur d'embrasser une dernière fois sa fille avant son départ pour le couvent* ; textuel, ma chère Jeanne, voilà les premières paroles qu'elle a prononcées une minute ou deux après que le digne M. Scot a été expiré.

— Oh ! mais c'est terrible ce que tu me dis là; mais ce n'est pas possible, Maurice.

— Et moi j'ai répondu seulement ceci : prenez garde, *madame, vous avez dit* : MA FILLE ! *si je m'étais trompé, si M. Scot n'était pas mort ?*

Puis sans attendre davantage et profitant de ce qu'elle détournait involontairement la tête vers la couche encore tiède de son mari, je l'ai quittée sans lui donner le loisir de me répondre un mot !

— Il faudra pourtant bien que je la voie, que je lui parle, qu'elle m'entende, moi, cette créature maudite, s'écria avec l'exaltation d'une colère indignée la douce et bonne Jeanne; encore quelques jours, et avant de dire un éternel adieu à l'espérance de revoir ma Louise sous notre toît, je tenterai près d'elle un dernier effort !

X.

Cependant Lucien, qui avait soutenu sa thèse avec éclat et terminait quelques achats de livres et d'instrumens de sa profession, calculait avec bonheur que, dans huit jours tout au plus, il reverrait cette chère vallée de la Durdan, dans un coin de laquelle était caché son trésor.

Il avait pris terre dans un modeste hôtel de ce bienheureux quartier latin, pays de liberté et de sans gêne qu'il avait habité pendant cinq ans, sans s'imaginer qu'il viendrait un jour où, non seulement il le quitterait sans regret, mais encore avec bonheur et surtout sans esprit de retour.

Or, un soir que, plus joyeux qu'à l'ordinaire, parce qu'il devait quitter Paris le lendemain, il venait de rentrer dans la petite chambre improprement appelée garnie qu'il occupait, et qu'après avoir placé dans le foyer les dernières bûches qui lui restaient, il allait commencer ses préparatifs de départ, un garçon de l'hôtel vint l'avertir qu'un monsieur qui venait d'arriver lui faisait demander s'il pouvait le recevoir.

— Ma foi, très volontiers, avait-il répondu, quoiqu'en vérité je ne me doute guère de ce que ce monsieur peut me vouloir.

Et quelques minutes après il invitait poliment à s'asseoir ce visiteur inconnu.

— Je vous demande pardon, avait dit l'étranger, car je m'aperçois que j'ai mal choisi mon temps, et que vous êtes occupé aux soins d'un prochain départ.

— Je pars demain, il est vrai, mais j'ai tout le loisir, je vous assure, d'emballer mon mobilier, répondit en souriant Lucien, et je suis tout à vous.

—J'ai entendu par hasard, reprit l'inconnu, en arrivant à l'hôtel, dire que le monsieur du nº 24 retournait demain en Normandie, à Cany, et c'est à cette circonstance toute fortuite que vous devez mon importunité. J'ai en effet dans votre pays une grave affaire à terminer, des renseignemens très délicats à obtenir, et je n'y connais absolument personne. J'avais bien là un ancien ami, M. Scot, mais il paraît qu'il est mort.

— M. Scot est mort ! Mais c'est donc depuis bien peu de temps? Quand je quittai le pays il y a quelques semaines il se portait à merveille; je l'avais vu précédemment à la dernière fête patronale de sa commune, à la fin de septembre, et il avait toutes les apparences d'une parfaite santé.

— Oui, mais il n'en avait que les apparences, car il était affreusement goutteux. Au surplus, j'ai reçu hier à Versailles, où je demeure, une lettre de faire part qui ne me laisse malheureusement, comme vous le comprenez, aucun doute sur sa mort.

— Eh bien! monsieur, s'il s'agit de renseignemens confidentiels à obtenir...

— Oh ! mon Dieu, il s'agit tout simplement d'un mariage que je veux faire faire à une charmante enfant à laquelle je porte le plus vif intérêt, et dont la conclusion se trouve arrêtée par un obstacle imprévu que je voudrais bien parvenir à lever; l'obstacle vient d'une personne qui habite dans votre contrée, et je désirerais pouvoir l'aborder convenablement... Au surplus, je pars demain comme vous, je vais à Cany comme vous, et j'espère que vous voudrez bien me venir un peu en aide... Mais à propos, j'ai oublié de vous dire mon nom... Je me nomme André Sarda.

Ah ! monsieur, pardonnez-moi, dit avec empressement Lucien, pardonnez-moi de n'avoir pu deviner que j'avais l'honneur de recevoir l'éminent artiste dont je connais depuis si longtemps le nom, la première gloire de notre jeune et brillante école de peinture.

— Comment ! monsieur, dit l'artiste avec une charmante bonhomie, je croyais que l'on ne flattait que les rois ; néanmoins, je vous remercie, et il lui tendit cordialement la main.

— Eh bien ! ajouta-t-il, c'est convenu, n'est-ce pas, nous partons demain ensemble?

— Oh ! oui, demain, répondit Lucien, et j'espère vous faire connaître quelqu'un là-bas qui remplacera pour vous M. Scot, puisque ce pauvre monsieur est mort ; c'est une bonne fortune pour moi que d'avoir la possibilité de vous être utile à quelque chose.

— Vous me comblez vraiment, et je voudrais bien être à même de vous rendre la pareille... Mais j'y pense... je pourrais vous procurer un petit bonheur, faire, par exemple, le portrait de votre père ou de votre mère...

— Je suis orphelin.

— Pauvre jeune homme!

— Cependant, puisque vous êtes si bon...

— Eh bien! parlez, j'écoute... Vous rougissez. Alors je devine, vous êtes amoureux...

— Ah! d'un ange.

— Mon ami, la femme qu'on aime est toujours un ange.

— C'est vrai; mais celle-la, ah! si vous la connaissiez!

— Si vous voulez que je fasse son portrait, il faudra bien que je la connaisse.

— Si je le veux! un portrait d'elle! par vous! signé de vous! Ah! monsieur, quelle heureuse inspiration vous avez eue que de vous réclamer de moi!

— J'ai eu de l'oreille, voilà tout. Deux ou trois mots prononcés au hasard m'ont mis sur votre piste; c'est une heureuse rencontre puisque nous nous en trouvons bien l'un et l'autre.... Nous nous en trouverons encore mieux plus tard, croyez-le bien... Et ma foi, tenez, j'augure que ce sera vous qui m'aiderez à dénouer l'affaire qui m'appelle chez vous... Enfin, nous reparlerons de tout cela. Adieu... A propos, demain, à dix heures, il y aura une voiture devant la porte; tenez-vous prêt.

— Soyez tranquille, je suis peut-être encore plus pressé que vous de partir.

— *Peut-être* est un correctif dont je vous sais bon gré, mais que je n'accepte pas; les plus pressés de tous les mortels sont toujours les amoureux. J'en ai fait l'expérience quand j'avais votre âge; mais, bonsoir; nous causerons d'*elle* demain tant que vous voudrez.

Lucien voulut reconduire son illustre visiteur; mais celui-ci lui ordonna de rester coi en lui disant gaîment :

— Quand *la première gloire de notre jeune et brillante école de peinture* descend à l'*hôtel du Panthéon*, c'est qu'elle désire garder l'incognito et veut être traitée comme un rapin.

XI.

Le lendemain soir les deux nouveaux amis arrivaient à Cany. L'artiste s'installa à l'hôtel du *Soleil levant*, et Lucien fut frapper à la porte de l'oncle Plumart.

— Qui va là? cria l'avare, parlementant toujours avant de donner accès chez lui aux visiteurs, aussitôt que la nuit était venue.

— C'est moi! répondit le neveu, c'est le docteur Lucien Coursel.

— Diable! fit Plumart, en tirant les trois ou quatre énormes verroux d'une véritable porte de prison, c'est bien heureux, je croyais vraiment que tu allais rester à Paris; voilà cinq semaines au moins que tu es parti, tu dois avoir fait de belles économies!

— Comment, mon oncle! dit Lucien en entrant dans la forteresse, mais... embrassons-nous d'abord. Plumart approcha sa joue parcheminée, et son neveu y déposa un respectueux baiser.

— Après... reprit Plumart, tu disais *comment, mon oncle*, continue.

— Ah! oui! je voulais vous faire remarquer que je n'étais pas allé à Paris pour faire des économies, mais pour prendre mon diplôme.

— Montre-le moi!

Lucien, ouvrant sa malle, en tira le fameux diplôme et le passa à son oncle.

— Beau vélin cela, dit-il, magnifique! mais c'est cher..... Enfin nous voilà au terme! il va falloir maintenant que les poitrinaires, les fiévreux, les goutteux, les astmatiques, les apoplectiques s'arrangent pour te rembourser. Voilà Jourel qui s'est cassé la jambe en marchant sur le verglas comme un sot, tout le monde meurt sans médecin, tu arrives bien, car on finirait par en prendre l'habitude. Si tu avais mis un peu plus d'activité, il y a déjà quelque temps que tu serais de retour ici, et tu n'aurais pas manqué le riche M. Scot d'Héricourt, que sa goutte a étouffé; il est mort en quatre ou cinq heures, c'est vrai, mais tu aurais toujours eu le temps d'arriver pour consoler sa veuve en l'assurant qu'il ne pouvait pas en revenir, et ça se paie ça!

— Nous allons réparer le temps perdu, mon oncle, et nous mettre en quatre.

— Je l'entends bien ainsi. En attendant, bonsoir; si tu n'as pas soupé, je t'ai gardé des haricots et un hareng saur, la Françoise va te les faire réchauffer si tu veux, mais tu ferais peut-être mieux de manger froid, c'est meilleur.

— Merci, mon oncle, car j'ai grand'faim.

— Allons, ne va pas manger comme un ogre, au moins; il est huit heures du soir, tu dois savoir mieux que moi, puisque tu as payé pour cela, qu'il faut manger très légèrement avant de se mettre au lit; tu déjeuneras mieux demain matin.

— Oui, mon oncle. Bonsoir.

Et Plumart fut se coucher dans une chambre sans feu par une température de huit degrés au dessous de zéro.

XII.

J'ai reçu ton message à neuf heures, disait le lendemain matin Mériel à notre héros; il est onze heures, tu vois que j'ai fait diligence. Mon véhicule est là devant ta porte, attelé de mon vigoureux gris-pommelé, un peu lourd, mais solide; un cheval, enfin, comme il en faut quand il y a un pied de neige sur les routes. Tu peux partir quand tu voudras, mais si tu m'en croyais, tu ferais un peu plus d'attention à ce que j'ai cru devoir t'apprendre il n'y a qu'un instant, et avant d'entrer chez M. Maurice tu prendras quelques informations; rien de plus facile, par exemple, que de faire parler la mère Patin en descendant à son auberge. La nouvelle me paraît incroyable, j'en conviens, mais avec les femmes il ne faut répondre de rien, elles prennent si souvent leurs sentimens pour des idées!

— Mais, mon ami, répondit Lucien, comment peux-tu t'arrêter une minute à une si sotte histoire, toi qui en sais tout autant que moi, toi à qui j'ai tout confié jusque dans les moindres détails? Louise au couvent! Louise postulante chez les dames Ursulines de Rouen? Voyons, de bonne foi, cela a-t-il le sens commun?

— Fais comme tu voudras; mais, à ta place, tout absurde que paraisse cette histoire, comme on n'en invente pas ordinairement de semblables, je m'en préoccuperais davantage. Sans nul doute, elle n'est pas complètement vraie, mais il y a au moins quelque chose.

— Enfin, de qui la tiens-tu?

— Mon pauvre ami, je dois tout te dire, je la tiens de maître Jérôme Parissot, maire d'Héricourt.

A ces mots, Lucien devint pâle.

— Adieu, dit-il.

Et il bondit de sa chambre dans l'escalier, de l'escalier au rez-de-chaussée. Puis, s'élançant dans le léger cabriolet de Mériel, il prit la route d'Héricourt et arriva à midi à l'auberge du *Grand-Saint-Laurent*.

Pendant que le domestique dételait le cheval tout fumant de la course désordonnée qu'il venait de faire, Lucien entra se dégourdir un instant à la vaste cheminée de la cuisine, dont la mère Patin raviva encore à son intention le foyer, déjà largement garni d'énormes branches de pommier.

En ce moment, entra Philippe le Gascon. En apercevant le neveu de M. Plumart, il lui fit un humble salut qu'il accompagna de ces paroles :

Il ne fait pas aussi beau aujourd'hui que le jour de la fête de saint Mellon, M. Coursel ?

— Non, mon ami.

— Malheureusement, fit la mère Patin qui ne manquait jamais de se mêler à la conversation de ses hôtes, il n'y a qu'une Saint-Mellon tous les ans, et encore sur deux il y en a toujours une de mauvaise ; mais il faut convenir que la dernière était une des plus belles qu'on ait vue depuis longtemps.

— Oui, reprit Philippe, et le bal surtout ; oh ! nous ne sommes pas près d'en revoir un semblable, mais vous vous en rappelez bien, Monsieur Coursel, car vous y avez fait danser la demoiselle *à* M. Maurice.

— Oh ! la pauvre chère demoiselle, elle ne dansera plus à présent, dit d'un air piteux la propriétaire du *Grand-Saint-Laurent*... Quelle drôle d'idée pourtant, ajouta-t-elle, pour une jeunesse si gentille de se faire religieuse ! Ses père et mère en meurent de chagrin, je le sais bien, car Pierre, leur jardinier, me le *confiait* encore tout à l'heure.

A cette confirmation inattendue de la nouvelle d'Eugène Mériel, Lucien sentit que s'il restait un instant de plus sa figure le trahirait. Il sortit donc rapidement, sans dire un mot qui manifestât son étonnement et sa douleur.

Quand il fut à quelque distance :

— Ce pauvre mossieu, dit Philippe, savez-vous, mère Patin, qu'il devait épouser Mlle Louise, qu'il avait la parole des père et mère et que la jeune demoiselle l'aimait; il n'y a pas à dire non, puisque je le tiens de Pierre.

— Ah ! c'est ce monsieur-là, répondit l'hôtesse; ma foi, je ne le savais pas, sans cela je n'aurais pas fait marcher ma langue.

— Oui, c'est ce mossieu-là, le nouveau docteur de Cany, celui qui va remplacer M. Jourel; un joli homme, j'espère ! Il arrive de Paris; il est très savant, et il en sait plus à lui tout seul que tous les autres *dans* plus de vingt lieues à la ronde; de plus, il a comme 6,000 fr. de rente *à lui*, et, ce qui est plus fameux encore, c'est le neveu du père Plumart, qui n'a pas d'autre héritier.

— Vous dites, *Gascon*, que c'est le neveu du père Plumart de Cany, qui dort sur l'or et l'argent?

— Mais, oui, s'il vous plaît.

— Et le père et la mère l'acceptent, et la petite demoiselle l'aime?

— Comme vous dites, maîtresse.

— Et elle se fait religieuse ?

— Vous le savez bien.

— C'est vrai, eh bien ! *Gascon*, c'est moi qui vous le dis, *il y a quelque chose là dessous.*

— C'est mon opinion, mère Patin, *il y a quelque chose là dessous.*

— Et Pierre?

— Pierre dit comme nous, *il y a quelque chose là-dessous*, mais ni vous, ni lui, ni moi, ni personne, ne savons ce que c'est.

— Je suis pas riche, *Gascon*...

— Ah ! bah ! manière de parler.

— Parole d'honnête femme, *j'ai de quoi*, mais je suis pas riche; c'est égal je donnerais bien une pièce de vingt sous toute neuve pour savoir pourquoi que cette pauvre petite demoiselle a fait le coup de tête d'entrer au couvent.

— Il y a des gens qui n'ont l'air de rien, maîtresse, et qui en connaissent d'autres d'un peu *conséquens*, tout de même. Je ne vous dis que ça, assez causé, nous reparlerons plus tard.

— Eh bien ! de quoi, *Gascon*, est-ce que tu te méfierais de moi ! allons donc ! qu'on me dise tout ce qu'on voudra *en secret*, c'est comme si on le mettait en terre.

— Ah ! oui, mère Patin, ça fait comme la graine d'ognon, ça y reste quelque temps, en terre, mais en suite ça monte, ça monte !... Calmez-vous, pourtant, dans huit ou dix jours, une quinzaine, tout au plus, je vous dirai quelque chose. Car vous connaissez la personne, vous, c'est un mossieu qu'est déjà descendu chez vous plus d'une fois; mais, *motus*, voilà les camarades qui arrivent, nous allons passer dans la petite salle.

En effet, l'orchestre, dont la petite salle était le sanctuaire privilégié, entrait, et les quatre artistes qui avaient été engagés pour le lendemain à un bal de noce s'étaient réunis pour s'entendre sur la rémunération que Tacheux devait fixer à l'amphytrion.

XIII.

Cependant Lucien ne pouvant plus douter de son malheur, quoiqu'il lui fût impossible d'en comprendre la cause, s'était dirigé vers la maison de Maurice d'un pas insensé. Celui-ci était sorti quand il se présenta, mais Jeanne s'était empressée de le recevoir.

— Ah ! madame, dit-il aussitôt qu'il fut introduit, est-il possible, mon Dieu ! qu'*elle* soit perdue pour moi !

— Oh ! monsieur, répondit Jeanne touchée de l'émotion si profonde et si vraie du jeune homme, ma pauvre enfant, ne l'accusez pas ! a accompli courageusement le plus affreux des sacrifices. Dieu veuille qu'il ne soit pas au dessus de ses forces ! Mais hélas ! il est au dessus des miennes et vous voyez en moi la plus infortunée des mères !

— Oh ! mais c'est affreux, madame ; il y a quelques semaines encore, je sortais de chez vous, le cœur joyeux, car, pardonnez-le-moi, j'avais presque sa parole : j'étais sûr d'être aimé. M. Maurice ne m'avait pas dit un mot qui fût de nature à m'empêcher d'espérer. J'arrive hier après une absence d'un mois seulement !... Oh ! si vous saviez, madame, comme j'étais heureux en revoyant cette chère petite vallée ! en découvrant de loin ce toit béni !... Et aujourd'hui !... Non, dit-il avec explosion, non, c'est impossible, c'est un rêve, un rêve affreux... Ah ! dites-moi, madame, dites-moi que c'est un rêve, qu'elle va revenir ; dites-le-moi, parce que je vais devenir fou... Oh ! Louise ! Louise !

Et il éclata en sanglots.

— Pauvre jeune homme ! murmura Jeanne qui luttait pour retenir ses larmes, vous l'aimiez bien !

— Oh ! madame, ne dites pas que je l'aimais, dites que je l'aime, que je n'aimerai jamais qu'elle, et si vous voulez me voir mourir de douleur, dites-moi, répétez-moi qu'il faut abandonner toute espérance !

En ce moment Maurice entra. Aussitôt qu'il aperçut Lucien, il lui prit affectueusement les mains en lui disant :

— Mon ami, nous sommes tous trois bien à plaindre !

— Mais, monsieur, pourquoi, dites pourquoi ce sacrifice ? que s'est-il donc passé ?

— Voilà la question que je redoutais le plus d'entendre, mon pauvre Lucien, car il m'est impossible d'y répondre ; mais écoutez, ne désespérez pas entièrement... Je viens de commencer une enquête qui pourra peut-être me mettre sur la voie d'une découverte de nature à changer bien des résolutions en apparence inébranlables... Je voudrais pouvoir vous en dire davantage, mais ma langue est liée... Seulement ne perdez pas courage... Croyez bien que ma pauvre femme, que moi-même ne pouvant vivre sans notre chère bien-aimée, ferons tout ce qui peut être fait, tenterons tout ce qui peut être tenté pour la revoir ici dans cette maison désolée et vous confier son bonheur.

— Et moi, dit Lucien, pour qui le monde est vide désormais, j'attendrai que vous me disiez que vous avez réussi pour vivre, ou qu'il faut cesser d'espérer pour mourir. Mais mon esprit se perd dans la recherche des motifs qui ont pu déterminer une résolution qui fait le désespoir de celle qui l'a prise et de tous ceux qu'elle aime.

— Je comprends cela, Lucien, reprit Maurice, et quand je vous disais que ce que je redoutais le plus, c'était la question que vous m'avez adressée et dont vous cherchez inutilement la solution ; c'est qu'en effet rien, je le conçois, ne doit vous paraître plus étrange que cette détermination ; mais quelque entourée de mystère qu'elle soit pour vous, la gravité de son motif ne peut pas au moins faire l'objet du moindre doute dans votre esprit, puisque comme vous l'avez dit, hélas! avec tant de raison, elle fait le désespoir de celle qui l'a prise et de tous ceux qu'elle aime. Vous êtes de ceux-là, Lucien, car elle vous aime, notre chère Louise, et vous êtes bien digne de l'amour de cet ange, je le sais et vous le dis avec franchise et avec bonheur.

—Vous voyez, monsieur Lucien, dit Jeanne, comme il est loyal et bon mon digne Maurice, et que s'il ne peut vous révéler *un secret qui ne nous appartient pas*, il faut le croire sur parole et l'aimer surtout!

— Oh! madame, répondit Lucien, quelle famille que la vôtre! Pourquoi faut-il que le malheur soit descendu sur cette digne et sainte maison!

— Eh bien! mon ami, reprit Maurice, j'ai besoin de sortir de nouveau pour mon enquête, *pour notre enquête;* la nuit vient de bonne heure dans cette saison, la route va être affreuse, car il neige toujours; retournez à Cany, et surtout soyez homme, ayez du courage, et quand vous le pourrez, autant de fois que vous le pourrez, revenez nous voir, nous causerons d'*elle* ensemble.

— Oui, fit Jeanne, à son tour; venez nous voir souvent, très souvent; *vous l'aimez*, vous êtes de la famille.

Lucien était tellement touché de cet accueil que, n'y tenant plus, il se jeta au cou de Maurice et l'embrassa en pleurant; Jeanne lui tendit la main, qu'il serra, et tous deux lui dirent en le quittant : *Au revoir bientôt et espérez.*

XIV.

De retour à Cany et ne trouvant pas Mériel chez l'oncle Plumart comme il s'y attendait, pensant d'ailleurs avec raison qu'il pourrait paraître pour le moins assez singulier à sa nouvelle connaissance, André Sarda, de ne l'avoir pas encore vu de la journée il se rendit immédiatement à l'hôtel du *Soleil-Levant.*

— Ah! docteur, dit l'artiste aussitôt qu'il entra dans sa chambre, il me semble que vous m'avez un peu oublié!... Je vous pardonne cependant, parce que vous êtes amoureux et que je devine d'où vous venez... Mais, dit-il tout à coup, qu'avez-vous, mon ami, vous ressemblez en ce moment à la statue du désespoir!

— Ah! monsieur, tous mes rêves chéris sont envolés ; celle que j'aime est perdue pour moi.

— Pauvre jeune homme! ah! je vous plains sincèrement, car j'ai passé par là à votre âge... Mais, en vérité, ce que vous me dites est incroyable, car il me semble que sans entrer avec moi dans de grands détails et vous tenant dans une réserve de bon goût, vous m'avez assuré néanmoins que c'était une affaire conclue. Que s'est-il donc passé?

Quand le cœur de l'homme est plein de bonheur (car quelle vie n'a pas au moins son jour de soleil) il peut demeurer solitaire. Loin de chercher à se répandre, il aime au contraire à savourer sans témoin ses secrètes félicités. Mais quand la souffrance en a fait son séjour et y règne en souveraine, alors éperdu, haletant, il va sans hésiter au devant des épanchemens, il les cherche, il les désire, il les appelle, et une seule parole, tombée d'une bouche fraternelle, suffit pour faire jaillir au dehors la source profonde et cachée de ses plus amères douleurs.

Lucien, absorbé à la fois dans le souvenir et les promesses de son naïf et charmant amour, n'avait dit qu'un mot ou deux à André Sarda de ce qui faisait la continuelle préoccupation de sa pensée. *Elle* s'appelait *Louise, elle* demeurait à Héricourt, *elle* l'aimait et il était accepté par sa famille. Quant aux petits incidens de cet amour, à tous ces délicieux et précieux riens qu'il prisait si haut et qui passaient et repassaient sans cesse dans son esprit, c'était son bien à lui, à lui seul, et lever un seul coin du voile qui couvrait ce cher et pudique trésor lui eût semblé une profanation. Mais à cette heure que toutes ces douces images dont l'évocation avait charmé son âme étaient évanouies; à cette heure que tout l'édifice de son bonheur n'était plus que ruines, et que, sur ces ruines amoncelées au fond de son cœur une faible, bien faible et confuse espérance subsistait seule, il avait saisi avec avidité la première occasion qui s'était offerte à lui pour épancher son désespoir.

Il raconta donc à André Sarda tous ces détails dont le souvenir discret, souvenir aujourd'hui si déchirant, avait trompé la lenteur des jours de l'absence. Ce qui avait précédé, ce qui avait suivi sa première comme sa dernière entrevue avec Maurice et Jeanne, tout enfin, il dit tout, sans rien omettre, sans rien négliger.

L'artiste l'écouta avec l'attention la plus scrupuleuse, et quand il dit en finissant :

— N'est-ce pas, monsieur, que c'est à rendre fou? N'est-ce pas qu'il y a là une énigme mystérieuse et incompréhensible? Oh? je donnerais plusieurs années de ma vie pour en savoir le mot.

— Lucien, dit l'artiste, rien n'est désespéré; l'obstacle qui s'oppose à votre bonheur est loin d'être insurmontable, je puis en parler ainsi, car je le connais, je sais le mot de l'énigme.

—Que dites-vous là, monsieur, et comment vous, étranger au pays.....

— Pardon, interrompit André, mais j'ai pour habitude, mon ami, de ne jamais m'avancer légèrement, et quand je vous dis que je connais le mot de l'énigme, je parle très pertinemment, et avec la même certitude j'ajoute que vous le connaîtrez demain.

— Ah! monsieur, ce serait cruel...

— Encore, Lucien!

— Pardon, monsieur, mais voyez-vous, à ma place, vous parleriez comme moi, à ma place vous diriez : Oh! un mot! un mot seulement pour rassurer mon cœur! un mot qui soit pour moi la preuve que vous ne vous faites pas illusion à vous-même.

— A votre place, je parlerais ainsi, c'est possible, mais à la mienne je répondrais : Jeune homme, le doute vous est permis, mais comme il est maintenant cinq heures du soir et que demain vous aurez la preuve que je suis un homme de parole, qui tient exactement ce qu'il promet, ayez la bonté d'attendre patiemment pendant ce délai si court qui sépare *aujourd'hui* de *demain*, et allez de suite, en vous félicitant de la confiance que vous avez eue en moi, revoir votre oncle qui va vous croire perdu dans la neige.

— Mais, monsieur, comment croire...

— Ah! Lucien! si on ne croyait que ce qu'on comprend!

— Mais convenez au moins, que ce que vous venez de me dire est une énigme ajoutée à une autre énigme.

— Qu'est-ce que cela vous fait, puisque demain vous aurez d'un seul coup le mot de la première et celui de la seconde? Ce n'est jamais qu'une mauvaise nuit à passer.

— Faites m'en passer une bonne!

— Ayez la foi, et vous dormirez bien.

— Ainsi c'est impossible, vous restez muet ce soir?

— Absolument muet!

— Quand faut-il me rendre chez vous demain?

— A dix heures, avec une voiture attelée d'un vigoureux cheval.

— J'y serai, où irons nous?

— Vous verrez cela demain! Adieu!

— Adieu! monsieur!.... et le cœur rempli à la fois de doute et d'espérance, Lucien se rendit chez l'oncle Plumart.

— Ah çà! s'écria celui-ci en prenant son diapason le plus élevé aussitôt qu'il aperçut son neveu, d'où arrives-tu ainsi et qu'est-ce que cela signifie, une pareille promenade par un temps semblable?

Mériel, qui entrait en ce moment et qui avait entendu la question, se hâta de venir en aide à son ami.

— Eh bien! *notre bon oncle*, comment?... vous grondez

ou plutôt vous allez gronder notre cher docteur parce qu'il vient de voir son premier malade, un client auquel je l'avais recommandé !... Permettez-moi de vous dire à mon tour : qu'est-ce que cela signifie?

— Voilà qui est bien différent, monsieur Mériel, à la bonne heure comme cela ! Est-ce un malade un peu aisé ? La maladie est-elle bonne, pour le médecin s'entend? Sera-ce long? Y a-t-il là matière à un petit honoraire d'une centaine de francs ou approchant?

— Ma foi, mon cher monsieur Plumart... Mais parle, Lucien, réponds à ton bon oncle, te voilà tout drôle !

— Excusez-moi, mon oncle, mais le froid m'a saisi et je souffre un peu...

— Tu ne pouvais le dire? observa Plumart... Françoise! Françoise !

— Me v'là, notre maître, dit la Françoise arrivant à cet appel.

— Allons, vieille bête, Lucien a froid, mets un peu de bois sec sur le feu.

— On y va, notre maître.

— Parbleu ! reprit l'oncle, pendant que la Françoise exécutait avec une réserve prudente l'ordre qu'elle venait de recevoir, puisque vous êtes là sous ma main, monsieur Mériel, vous allez me rendre un petit service qui vous obligera vous-même.

— Dix plutôt qu'un seul, *notre bon oncle*, dit Mériel qu'en sa qualité de riche et laborieux cultivateur Plumart avait en grande estime, et auquel il tolérait certaines familiarités parce qu'il prêtait journellement à Lucien ses chevaux et sa voiture.

— Voilà ce qui m'arrive : comme je ne peux pas souffrir les billets de banque, parce que ce sont des valeurs de convention, que ça ne sonne aucun son, que ça se perd facilement et que sa rappelle les assignats, j'ai juste la chance qu'il ne se passe pas de mois que je n'en reçoive. Ce matin même, mon notaire m'en a fourré malgré moi pour deux mille francs dans un paiement. J'ai été de suite chez Engoulement, banquier, pour les changer contre de la bonne monnaie, mais bernique, il était cinq heures, la caisse était fermée. Faites-moi donc le plaisir de me les prendre. C'est aujourd'hui le jour où vous touchez le prix de vos blés vendus à la dernière halle, et vous devez avoir de bel et bon or plein vos poches. Seulement, comme pour vous qui voyagez, les billets de banque sont tout ce qu'il y a de plus commode, vous me concéderez bien un petit change, une bagatelle, peu de chose...

— Mais, mon bon oncle, dit Lucien...

— De quoi te mêles-tu, interrompit brusquement Mériel, est-ce que tu crois par hasard que *notre bon oncle* ne connaît pas aussi bien que toi le cours du change des monnaies? que s'il parle modestement et dit : *Un petit change, peu de chose, une bagatelle*, il va pour cela me donner tout niaisement ses deux mille francs de billets de banque contre moins de deux mille deux francs cinquante centimes? Crois-tu, dans tous les cas, que je serais capable de profiter de sa facilité? Laisse-nous donc tranquilles et tâche de te réchauffer, car tu en as grand besoin.

— Et tâche surtout, ajouta Plumart, complètement dupe de cette comédie, tâche de profiter de la leçon, et ne t'avise plus une autre fois de prendre ton oncle pour un autre, maître pédant !

Lucien ne souffla mot, bien résolu à rendre à Mériel les deux francs cinquante centimes que le bon oncle ne se fit faute de palper, en changeant sa valeur *qui ne sonnait aucun son*, contre l'or qu'il avait convoité.

Quand cette opération fut terminée, et que Plumart, absorbé dans des opérations mentales d'arithmétique, additions, soustractions, multiplications, ne fit plus d'attention aux deux amis, ils se mirent un peu à l'écart, et Lucien raconta à Eugène, à voix basse, tout ce qui s'était passé à Héricourt et à l'hôtel du *Soleil-Levant*, lui demandant ensuite son opinion en tremblant, car il lui reconnaissait un redoutable bon sens, et craignait de l'entendre émettre un jugement qui mît à néant sa dernière espérance.

— Mon ami, lui dit le brave et positif garçon, après l'avoir écouté attentivement, *ce que je vois de plus clair dans tout ceci, c'est que je n'y vois goutte.* Ne désespère pas trop, n'espère que modérément. Dans tous les cas, demain n'est pas loin. Je crois à ton artiste, j'en conviens; mais quand on me demande pourquoi j'y crois, je me réponds immédiatement que je n'en sais rien. Adieu, prends courage, tu es au second feuillet de ton histoire, ce n'est déjà plus si amusant... Mais ne me fais pas cette figure... Tu sais, chacun a sa faiblesse : la mienne est de ne pouvoir parler d'amour sérieusement; je ne comprends pas cette passion-là... Que veux-tu, je ne pourrai jamais marcher sur les nuages... Je te plains, parce que tu souffres, que je le vois malheureusement trop bien; mais quand je songe que tout cela arrive parce que nous avons croisé un char-à-bancs, le 30 septembre dernier, je ne puis m'mpêcher, en remontant ainsi à la cause première de tes chagrins, de voir en toi un grand enfant bien malheureux. Mais adieu, car me voilà en retard.

—Tu trouveras ta voiture et ton cheval au *Soleil Levant*, dit tristement Lucien.

— Qu'ils y restent, répondit Mériel, ils te serviront demain matin; je retournerai à pied, j'aime mieux cela, une demi-lieue est bientôt faite.

XV.

Pendant que notre jeune docteur consultait ainsi son ami sur ce qu'il devait croire et espérer, Maurice et Jeanne, de leur côté, soumettaient Philippe Lauriol à un interrogatoire qui avait bientôt mis sa discrétion à une épreuve à laquelle elle n'avait pu résister.

— Voyons, disait Maurice, qui avait invité le *Gascon* à passer chez lui dans la soirée, invitation à laquelle celui-ci venait de se rendre, voyons, mon ami, quand j'ai causé avec toi un instant ce matin et que l'arrivée de ta femme nous a forcés à remettre notre entretien à ce soir, tu me disais que ce monsieur était revenu il y avait huit jours environ.

— Oui, monsieur, car c'était précisément le jour de la mort de M. Scot.

— Et tu crois qu'il connaît Mlle Louise depuis longtemps.

— Pour sûr, monsieur Maurice, et même le jour de la saint Mellon, après qu'il m'eut donné la lettre que je vous ai apportée, il est venu voir le bal, mais il se tenait à distance comme un homme qui a peur d'être reconnu, et il était à moitié caché derrière le gros chêne que vous savez et qui est le premier en tête de la grande allée du parc. Pendant tout le temps que Mlle Louise a dansé il la regardait, la regardait comme vous l'auriez regardée vous-même, s'il y avait eu six mois que vous ne l'eussiez vue, et ma foi, excusez-moi, mais je me suis dit : comme c'est pas son père, pour le certain c'est son oncle; par exemple de savoir pourquoi qu'il s'en cachait, voilà ce que je peux pas deviner.

— Et quand il est revenu, il n'a pas paru mécontent qu'au lieu de remettre sa lettre à ma fille, tu me l'aies donnée à moi-même?

— Ma foi non ; il a dit seulement : *Le malheur n'est pas grand.*

— A-t-il paru étonné en apprenant que Mlle Louise était entrée au couvent ?

— Mieux que ça ; il en a paru bien fâché et tout en colère ; puis il s'est calmé tout à coup en me disant : Merci, *pays*, car il est de Bordeaux comme moi, et nous nous sommes reconnus à l'accent.

— Tu es bien certain que c'est lui qui, le premier, a nommé M. Lucien Coursel et que ce n'est pas toi au contraire.

— Bien certain, même que ça m'a confirmé dans mon

idée *qu'il y avait quelque chose là dessous*, et qu'il était bien l'oncle ; à preuve que je le lui ai dit.

— Et qu'a-t-il répondu ?

— Il a répondu : *Oncle ou non, tout cela s'arrangera.*

— Mais, dit Jeanne, il n'a rien ajouté de plus ?

— Non, madame, seulement, comme *j'ai eu celui* de le déclarer tantôt à M. Maurice, il m'a recommandé de ne parler à personne de sa visite en m'insinuant que je n'aurais qu'à me féliciter plus tard de ma discrétion ; c'est pour cela que je vous serai bien obligé, quand il viendra vous voir, de ne pas *m'accuser*.

— Sois tranquille, mon bon Philippe, répondit Jeanne, tu ne seras pas victime de ta confiance envers nous, tant s'en faut !

— Mais, dit Maurice, qu'est-ce qui te fait croire qu'il viendra nous voir ?

— Dam, monsieur, il me semble que c'est parce qu'il m'a dit : *Tâche de te taire seulement pendant huit jours, une quinzaine tout au plus.*

— Voyons, Philippe, toi qui as vu ce monsieur, qui lui as parlé, crois-tu qu'il porte vraiment de l'intérêt à Mlle Louise, et, d'après tes impressions, as-tu sérieusement pensé, penses-tu encore qu'il reviendra ?

— Je gagerais le château de feu M. Scot, s'il m'appartenait, contre la chaumière de la mère Besson, qu'il reviendra. Quant à ce qui est de l'intérêt qu'il porte à Mlle Louise, je voudrais que vous eussiez vu comme ses yeux s'animaient quand il en parlait : on aurait dit qu'il allait pleurer !

—Merci, mon bon garçon, dit Jeanne toute émue, merci de tes renseignemens ; garde bien le silence sur tout cela, n'en parle à qui que ce soit. Nous sommes bien reconnaissans de ta confiance en nous. Nous sommes des gens de mémoire, Philippe, nous n'oublions jamais ceux qui nous ont rendu quelque service ; nous ne t'oublierons pas davantage, mon ami.

— Vous êtes trop bonne, madame, que le bon Dieu vous rende votre enfant, toute la commune sera joyeuse, car vous êtes les père et mère des pauvres, et tout le monde prend bien part à votre chagrin.

— Bien, mon brave Philippe, nous faisons ce que nous pouvons, c'est notre devoir, dit Maurice, mais nous sommes bien heureux néanmoins qu'on veuille bien nous en savoir gré ; adieu mon ami, sois discret, je te reverrai.

— Adieu, monsieur et madame, et comptez que je serai muet cette fois-ci.

— C'est ce dont je doute un peu, dit Maurice, quand Philippe fut sorti, mais enfin, ce pauvre *Gascon*, comme on l'appelle, m'a redonné confiance, qu'en dis-tu Jeanne ?

— Je dis, mon ami, que cet inconnu est notre seul espoir, et que tout semble indiquer que nous le verrons avant peu.

— A coup sûr, c'est le père de Louise.

— Il semblerait bien qu'il n'y a pas en douter, répondit Jeanne, pourtant il paraît inconcevable qu'il ait attendu si longtemps à se faire connaître.

— Il y aurait, chère amie, bien des raisons à donner pour expliquer cette conduite, mais il faudrait aborder une foule d'hypothèses, dont pas une peut-être n'approcherait de la vérité ; tenons-nous-en à ceci, c'est qu'il n'y a que le père qui ait pu parler et agir comme cet inconnu a parlé et agi.

— Allons, mon pauvre ami, croyons cela, nous en avons tant besoin ! moi, j'avoue, que comme il n'y a, Dieu merci, pas moyen de suspecter un instant le récit de Philippe, il faut bien reconnaître que de tout ce qu'il nous a rapporté, on peut sans se faire illusion tirer une conséquence favorable à nos plus chers désirs.

— Marguerite t'a-t-elle jamais rien dit de plus précis, sur le père de son enfant, que ce que tu m'en as raconté.

— Jamais ! et tu conçois que je pouvais d'autant moins la questionner, qu'elle avait été d'une extrême réserve avec moi sur ce point.

— Enfin, ma bonne Jeanne, attendons ! espérons ! peut-être touchons-nous à la fin de nos peines.

— Dieu t'entende, Maurice !

XVI.

Le lendemain, Lucien, qui n'avait guères dormi, se leva de grand matin, impatient de voir arriver l'heure que lui avait fixée l'artiste.

L'oncle Plumart, déjà debout depuis longtemps, était engagé dans une querelle avec la Françoise, qui s'obstinait à vouloir à toute force lui faire du feu dans sa chambre.

— Te voilà bien toujours la même, gaspilleuse, de la fortune de ton maître ! criait-il ; du feu dans ma chambre ! du feu dans la cuisine ! du feu partout ! il ne te manquerait plus que de vouloir aussi en faire dans le jardin ? Si j'avais froid, est-ce que je ne resterais pas au lit ?

— Mais, notre maître, répliquait la Françoise, pourquoi donc que vous avez votre cave pleine de bois ? C'est-ty pour le brûler à la Saint-Jean ?

— Me laisseras-tu tranquille, vieille raisonneuse. Est-ce que j'ai froid, moi ? disait Plumart.

— Venez donc, monsieur, disait la Françoise à Lucien qui entrait en ce moment dans la chambre de son oncle, voilà qu'il ne veut plus se chauffer à présent !

— Mais, mon bon oncle, observa timidement le neveu, c'est peut-être imprudent ce que vous faites.

— Et toi aussi, mirliflor ! exclama l'oncle devenu furieux. Ah ! ça, est-ce que par hasard je ne serais plus maître chez moi ? Est-ce que je suis en curatelle ? Commence par déguerpir, toi, la Françoise ; et toi, monsieur mon neveu, fais-moi grâce de tes observations, et reste ici que je te donne mes instructions.

La Françoise obéit en grommelant :

— Ah ! le vieux ladre ! le vieux enragé ! voilà maintenant qu'il ne veut plus se chauffer ! Plus ça va, plus ça empire ; encore *un petit peu*, et il ne voudra plus manger. Ah ! Dieu du ciel ! peut-on se faire souffrir comme ça et avoir *de quoi* dix fois plus qu'il n'en faut pour vivre bien à son aise ! Vieux Harpagon, va !

M. Plumart, débarrassé enfin de la terrible Françoise, dit à son neveu :

— Comme tu es un garçon qui ne connaît pas le prix de l'argent, je parie que tu n'as seulement pas pensé au moyen qu'un médecin, qui entend son affaire, doit prendre pour tirer parti de sa clientelle pauvre ?

— Comment, mon oncle, que voulez-vous dire ?... faire payer les pauvres !...

— Faire payer les pauvres !.... Que te voilà bien, ne comprenant jamais du premier coup les choses les plus simples quand elles ont le moindre trait aux intérêts positifs de la vie ! *Comment, mon oncle, faire payer les pauvres !...* Qu'est-ce qui te parle de cela ? et le moyen de les faire payer quand tu le voudrais ? Me crois-tu donc assez ignorant pour ne pas connaître au moins le proverbe : *Où il n'y a rien, le roi perd ses droits* ?

— Je ne dis pas cela, mon oncle.

— Grand merci, mon neveu.

— Veuillez donc vous expliquer alors.

— Ainsi, tu conviens que tu n'as pas même réfléchi à l'objet important dont je veux t'entretenir : j'en étais sûr. Enfin, heureusement que je suis là, moi, pensant à tout, prévoyant tout... Ecoute-moi donc.

Un médecin a toujours deux classes de malades : les riches et les pauvres ; ceux qui paient et ceux qui ne paient pas. Eh bien ! quand tu es appelé chez un pauvre, tu portes ta visite au compte du riche, comme si tu la lui avais faite à lui-même. Si tu as deux riches pour un pauvre, tu alternes : aujourd'hui, c'est le no 1 qui paie pour ton malade pauvre ; demain, ce sera le tour du no 2. Il n'y a rien à dire à cela. Mais comme il pourrait arriver, qu'il arriverait même infailliblement que, soit le no 1, soit le no 2, et même, ce qui est encore plus probable, l'un et l'autre, ne trouveraient pas cette méthode de leur goût, tu ne leur en souffles mot; il te suffit de savoir *qu'il n'y a rien à dire à cela*. En général, les riches ne tiennent guère note des visites de leur médecin, parce que presque tous les riches n'ont pas d'ordre, et, pour le dire en passant, c'est là la cause pour laquelle ils finissent par se ruiner, si ce n'est à la première, au moins à la seconde génération, surtout les riches parvenus; j'ai observé cela. En général, ils ne tiennent donc pas de notes; mais enfin, comme il y a encore par-ci par-là parmi eux des gens comme ton oncle Plumart, qui regardent à tout et ne prennent jamais blanc pour noir, pour éviter des désagrémens, au lieu de te faire payer de cette classe de cliens à raison de tant par visite, tu leur demandes tout bonnement une somme ronde à la fin de la campagne, et dans cette somme ronde tu as soin de comprendre ce que doit le pauvre que tu as mis à leur charge, — ce n'est pas plus difficile que cela. — Mais il y a mieux, c'est encore très moral : d'abord parce que c'est le moyen pour le médecin de ne rien perdre, et ensuite parce qu'en forçant ainsi ceux qui ont trop à faire la charité à ceux qui n'ont pas assez, on les aide à faire leur salut, sans qu'ils s'en doutent, il est vrai; mais tant mieux encore, puisque c'est une surprise agréable qu'on leur prépare pour l'autre monde.

— J'avoue, mon oncle, dit Lucien confondu, que je n'avais pas songé à cette méthode, comme vous l'appelez.

— Oui, mais j'y avais songé moi, et, à propos de cela, ton malade est-il gravement atteint?

— Une maladie du cœur.

— C'est bon cela, et si tu avais le bonheur qu'elle devienne chronique, ce serait admirablement débuté; ah! c'est une maladie du cœur!... Mais j'y pense, c'est une maladie d'oisif, une maladie de riche et tu seras bien payé.

— Ah! très bien, je l'espère.

— Alors, dans ce cas, mon garçon, dit Plumart qui devenait guilleret, quoique tu n'ais pas encore été appelé auprès d'un pauvre, si tu m'en croyais, tu porterais toujours sur ton livre, au compte de cette maladie du cœur, celle du premier malheureux qui te tombera sous la main.

— Vous croyez?

— Ma foi, oui; et même vas-y largement, car tu pourrais avoir à traiter quelque pauvre diable d'homme de peine, par exemple, atteint d'une fluxion de poitrine; par un temps comme celui-là, il n'y aurait rien d'étonnant, et une fluxion de poitrine exige bien des visites, bien des déplacemens : prends les devans, mon garçon, prends les devans, il vaut mieux tenir que de courir.

— Merci, mon oncle.

— Tu fais bien de me remercier, car, vois-tu, quand je te dis quelquefois : *De mon vivant tu n'as rien à attendre de moi*, je me calomnie, puisque je te donne mes conseils et que, si tu as le bon sens de les mettre en pratique, tu te feras une belle rente chaque année, surtout si tu sais profiter de ce dernier petit avis là, que je te ferais payer cher, crois-le bien, si je n'étais pas ton oncle Plumart.

Lucien, après avoir de nouveau remercié son oncle, prit doucement congé de lui en se disant : Je voudrais bien savoir si Mériel, qui ne comprend pas ma passion, comprendrait davantage celle de ce vieillard! Puis il attendit de son mieux que l'horloge qui ornait l'escalier de la maison eût sonné dix heures, et aussitôt que les dix coups tant désirés eurent retenti à son oreille, il courut à l'hôtel du *Soleil-Levant*.

Quelques minutes après, il montait avec l'artiste dans la voiture de Mériel. Le peintre s'empara des guides et prit sans hésitation la route d'Héricourt.

—

XVII.

—Vous prenez la route d'Héricourt? dit Lucien avec étonnement.

— Oui, mon ami.

— J'espère *qu'aujourd'hui* vous ne ferez pas de difficulté de me dire où nous allons.

— *Aujourd'hui* est encore bien voisin d'*hier*; il ne fait que commencer, et j'ai la journée entière pour tenir ma promesse, cependant je ne fais pas de difficulté de répondre de suite à votre question que moi je vais chez M. Maurice et que vous, vous allez à l'auberge du *Grand-Saint-Laurent*.

—Vous allez chez M. Maurice! s'écria le docteur, de plus en plus surpris; mais vous le connaissez donc?

— Je ne le connais pas et il me connaît moins encore.

—Ainsi, je vous attendrai au *Grand-Saint-Laurent*.

—Vous attendrez au *Grand-Saint-Laurent* M. Maurice, qui viendra vous y chercher.

— Mais....

— Quoi? tout cela vous paraît extraordinaire, je le comprends certes bien; mais patience, mon ami, et n'oubliez pas que j'ai la prétention d'être un homme de parole, et croyez fermement que vous ne perdrez rien pour attendre.

—Vous ne me direz pas un mot de plus pour le moment?

— Pas un mot de plus.

Lucien, voyant qu'il n'y avait pas à insister davantage, se roula dans son manteau et s'établit de son mieux dans un coin de la voiture, où il resta coi. L'artiste, de son côté, s'occupa de la conduite du véhicule, ce qui n'était pas une petite affaire, sur une route étroite bordée d'un côté par un énorme fossé et de l'autre par la rivière, fossé et rivière se trouvant, grâce à la gelée et aux frimats, sur le même plan que la route elle-même.

Le ciel, un instant éclairci, était redevenu sombre, et la neige commençait de nouveau à tomber large et silencieuse. Pas un être vivant n'apparaissait dans la vaste étendue, que quelque rare corbeau qui par intervalle traversait en croassant tristement l'étroite vallée d'un vol bas et alourdi par le froid. Toutes les chaumières épandues dans les campagnes, soigneusement closes, ne laissaient échapper aucun bruit de vie; seulement, du fond de quelque chaude étable, on entendait parfois le vagissement étouffé de la bonne et vieille vache laitière se plaignant de sa solitude et de son délaissement.

— Voilà, après plus d'une heure de silence réciproque, dit tout à coup le peintre, de ces tours que la nature joue perpétuellement à l'art; la toile peut reproduire les grands traits de ce magnifique paysage de neige, ses lointains désespérés, l'indécision de ses horizons assombris, une certaine partie enfin de son côté idéal, de ce que voit seulement l'œil de l'âme; mais que de choses sont au dessus du pinceau et qu'elle garde pour elle seule cette éternelle et puissante nature! Comment rendre par exemple ce silence *sourd*, ce silence de *mort*, produit par le sommeil de toutes les forces vives de la création, et si différent du silence *vivant* qui nous ravit au lieu de nous attrister au milieu des champs pendant une splendide nuit d'été? Comment rendre la lamentation infinie des grands bois qui couronnent ces collines?

— Oui, dit Lucien, l'art, même chez les plus grands maîtres, est confiné dans de certaines limites qu'il ne peut franchir; mais qu'est-ce donc quand l'artiste ne comprend même pas l'idéalité dans le paysage!

— Ces peintres là ne sont pas des artistes, mon ami, répondit André; ce sont des *daguéréotypes*. Mais nous voilà au terme, Lucien.

Et de suite, avant que le domestique de la mère Patin eût eu le temps d'arriver à son poste, c'est à dire à la tête du cheval, il sauta rapidement à terre en disant à son compagnon de voyage :

— Allez vous chauffer, et si M. Maurice n'est pas sorti, ce qui n'est guère probable par cet affreux temps, il viendra bientôt vous chercher lui-même ici.

Et il s'éloigna d'un pas assuré, comme un homme qui connaît parfaitement la direction qu'il doit prendre.

— Ah! c'est vous, monsieur le docteur, qui revenez nous voir par ce beau temps-là, dit la mère Patin aussitôt que Lucien fut entré chez elle; y aurait-il quelqu'un de bien malade dans la commune?

Lucien, embarrassé de répondre à cette question ainsi faite à bout portant par l'indiscrète hôtesse, ne voulant ni mentir ni se taire, se contenta de dire :

— C'est vraiment un temps bien horrible!

Mais il n'en était pas quitte pour cela.

— Oui, bien horrible, reprit l'intrépide questionneuse; c'est pourquoi *j'avais eu celui* de vous demander qu'est-ce que nous avons de bien malade dans la commune pour qu'on vous dérange un jour comme celui-là.

— C'est ce que je saurai dans un instant, répondit d'un ton un peu sec le *nouveau docteur de Cany*, quand j'aurai vu la personne que j'attends ici.

Bon! pensa la mère Patin, *il y a quelque chose là-dessous*.... C'est pas pour un malade qu'il est venu. Je me doute bien pourquoi; c'est pas malin à deviner, c'est à cause de cela qu'il ne veut rien dire; enfin, c'est égal, puisqu'il ne veut pas parler, qu'il se taise. Mais ça ne peut pas rester comme ça, faut que j'aie le cœur net de savoir qu'est-ce qui a pu faire faire à Mlle Louise le coup de tête de se jeter dans un couvent. Ça me passe et me repasse, ça. Pierre n'en sait rien, mais le Gascon en sait long, lui. Il fait le muet, mais la langue lui démange, et quand ça devrait me coûter une régalade, il faut que je le fasse jaser.

Dix minutes environ après avoir quitté Lucien, André se présenta chez Maurice. Introduit aussitôt, il trouva les deux époux causant en tête à tête, de ce qui faisait depuis quelque temps l'objet de leur unique préoccupation.

— C'est devant M. Maurice et devant madame, que j'ai l'honneur de me trouver? dit-il.

— Oui, monsieur, répondit Maurice.

— Je m'appelle André Sarda.

Jeanne et son mari s'inclinèrent, et ce dernier dit :

— Ce nom d'un grand et éminent artiste nous est, veuillez le croire, monsieur, parfaitement familier, et c'est une bonne fortune pour madame et pour moi que l'occasion qui nous procure l'avantage de vous posséder chez nous.

— Je suis bien touché de votre bienveillant accueil, dit le peintre en saluant à son tour... Mon Dieu! ajouta-t-il, la cause qui m'a conduit ici m'a déjà fait faire plus d'un voyage dans votre charmant pays.... Vous ne m'avez jamais rencontré?

— Jamais, firent à la fois Jeanne et Maurice.

— Moi, je vous ai vus bien des fois.

En ce moment la figure de Jeanne s'éclaira d'un tel rayonnement d'espérance, ses yeux interrogèrent avec une telle supplication cet homme qu'elle voyait pour la première fois et avec lequel elle venait d'échanger à peine quelques paroles, que celui-ci, profondément ému de l'angélique et touchante expression de cette pure et belle figure, ne put suivre l'ordre d'idées qu'il s'était tracé à l'avance, et s'écria, après avoir adressé à la mère adoptive de son enfant un sourire d'encouragement :

— Oui, madame, vous ne vous trompez pas, c'est bien moi, je suis le père de Louise!

—

LA PIECE D'EAU.

I.

Un peu moins de seize ans avant cette fameuse fête patronale d'Héricourt qui vit naître l'amour de Lucien, alors que celui-ci n'était encore qu'un enfant et que Louise n'était pas encore née, par une triste et pluvieuse soirée de février, un jeune homme de vingt-cinq à vingt-six ans suivait lentement et avec toutes les apparences extérieures d'une douleur profonde une des voies les plus solitaires de la capitale, cette interminable rue de l'Ouest qui s'étend dans la direction du jardin du Luxembourg, de la rue de Vaugirard à la place de l'Observatoire.

Quand il fut parvenu à la petite maison entre cour et jardin dont il occupait une partie depuis trois ou quatre ans et qu'il fut entré chez lui, il commença à marcher à grands pas, prenant tantôt sa tête dans ses mains, tantôt la dégageant de cette convulsive étreinte, jusqu'à ce qu'enfin il éclatât en sanglots mêlés d'imprécations; prenant les résolutions les plus violentes, les abandonnant un instant après, s'attendrissant, s'indignant, en proie enfin à une sorte de délire évidemment causé par les convulsions de quelque terrible passion.

Ce jeune homme était un peintre dont les premiers essais donnaient de magnifiques promesses pour l'avenir, et dont le nom commençait même déjà à sortir de la foule.

Neanmoins, un obstacle considérable, résultat de son propre caractère, pouvait facilement le faire sombrer avant d'arriver au port; il n'avait pas de volonté.

Pauuvre et forcé de tout demander à l'art, à la moindre épreuve il se sentait pris de défaillance et doutait de lui-même. Les exemples de ces lutteurs intrépides dont fourmillent les grandes cités, vaillans athlètes qui prennent pour ainsi dire la fortune corps à corps et sortent victorieux de ce duel à outrance, par cela seul qu'ils l'ont voulu, ces exemples, loin de stimuler son courage, lui inspiraient au contraire une terreur secrète.

Plutôt mourir à la fleur de l'âge, pensait-il, que de passer ainsi la plus belle moitié de sa vie à préparer l'autre!

Au physique, c'était une riche nature : grand, bien fait, figure ouverte, droite et loyale, quelque peu irrégulière, mais non sans noblesse et d'un effet général des plus heureux; beaux yeux noirs intelligens, rêveurs, mélancoliques, presque voilés, dont l'expression, manquant d'une certaine virilité, révélait la faiblesse et les indécisions de la volonté en même temps qu'une sensibilité exaltée et presque fébrile.

Qu'était-il donc arrivé à ce jeune homme qui était ainsi fou de douleur? — Il avait tout simplement fait un rêve et il venait de s'éveiller. Ayant construit avec une grande magnificence l'édifice de son bonheur sur ce néant qui s'appelle l'amour, l'édifice s'était écroulé sur sa tête et il se débattait sous ses ruines furieux et insensé!

En vain une voix amie lui aurait dit :

Prenez garde, vous blasphémez; que la femme que vous avez aimée ait été fausse, médiocre, vulgaire, indigne de vous, faut-il pour cela nier l'amour? N'est-ce donc plus la flamme immortelle qui réchauffe les cœurs, le soleil où ils s'allument? Vous avez goûté à un nectar enivrant, votre âme en a été réjouie, et sous l'empire de cette ivresse qui élève au lieu de rabaisser, il vous semblait qu'elle allait atteindre jusqu'aux limites de l'infini, et parce que la coupe où la main du hasard avait servi pour vous ce breuvage des élus de la terre, vous aura quelque jour blessé les lèvres, vous confondez la coupe et son divin nectar dans une même malédiction!

A qui lui eût parlé ainsi, le pauvre garçon n'aurait pas même daigné répondre, parce que malgré, ses fureurs et ses colères, il aimait encore! Et puis elle était bien belle celle qu'il aimait! belle d'une toute exceptionelle beauté. Seulement, sous cette charmante et délicieuse enveloppe, il n'y avait malheureusement ni âme ni cœur. L'amant, avec toutes les puissances fécondes de son imagination, l'avait dotée de ses propres richesses. C'était sa création à lui dans laquelle il se complaisait sans avoir conscience de son erreur; mensonge fréquent de cette passion pleine de mirages trompeurs!

Cette décevante illusion durait depuis près d'une année, et il se plaignait, l'ingrat!

Il est vrai pourtant, et c'était bien là un peu son excuse, qu'il y avait une énigme insoluble pour sa raison, dans la conduite de celle qui, en lui retirant son amour, troublait ainsi sa vie.

C'était en effet au moment même où elle sentait tressaillir dans son sein, le fruit d'une commune faiblesse, qu'elle avait prononcé de ces paroles irrévocables, qui élèvent un mur d'airain entre deux âmes, et elle les avait prononcées froidement, sciemment, sans colère et de parti pris!

Quoi, disait-il, c'est alors que je viens lui offrir avec ravissement de hâter le jour d'une union qui seule peut sauver son honneur, qu'elle me prodigue l'insulte et l'outrage, qu'elle repousse cette réparation qui ferait ma félicité, comme on repousserait quelque lâche et avilissante transaction entre la honte et le devoir! Elle ose appeler hypocritement un entraînement qu'elle a partagé une méprisable séduction! Une séduction! mon amour passionné, si vrai, si loyal, assimilé à un lâche calcul de la débauche!.. Et je l'aime encore! Misérable que je suis, oui, je l'aime! On croit que tout est fini, parce que la femme, objet de notre idolâtrie, nous a prodigué les dédains et l'insulte! Oh! non, tout n'est pas fini pour cela, et au moment même où la haine et le mépris semblent dominer désormais dans ce cœur où elle régnait en souveraine, il suffirait d'un mot, d'un seul regard pour qu'on se roulât à ses pieds en lui demandant pardon de tout ce qu'elle nous a fait souffrir.

Et puis, reprenait-il, comment tout serait-il fini entre nous? L'enfant ne sera-t-il pas mon enfant à moi aussi?

Et cette idée soudaine, qui flattait les tendresses presque féminines de son âme et qui le rattachait par un dernier lien à celle qu'il ne pouvait encore cesser d'aimer, vint faire comme une sorte de diversion à ses souffrances, jusqu'à ce qu'enfin le sommeil les lui fit oublier pour quelques heures.

Hélas! tous nos grands désespoirs sont sujets à ces humiliations. Pendant que l'être moral s'agite dans les amertumes de la vie, l'être matériel, l'*autre*, comme dit de Maistre, l'*autre* que cela ne regarde pas, n'en fait pas moins entendre ses réclamations quotidiennes, et force nous est bien d'y faire droit.

En vérité, cette intime union de deux natures si dissemblables chez l'homme donnerait souvent lieu à de curieuses remarques si nous portions une attention plus philosophique à leurs querelles intestines.

II.

Plusieurs mois avaient passé sur cette douleur, et le temps, ce consolateur banal, en avait fait ce qu'il fait d'ordinaire de toutes les douleurs humaines. Sans l'avoir encore radicalement guérie, il en avait au moins adouci les pointes les plus aigues.

On touchait à la fin des beaux jours, c'était le vingt-huit septembre, il était dix heures du soir environ.

A ce moment deux jeunes gens se tenaient scrupuleusement en observation à une fenêtre du premier étage d'une maison de la rue des Beaux-Arts, au faubourg Saint-Germain.

La pièce où ils se trouvaient était plongée dans une prudente et complète obscurité, et leurs regards restaient obstinément fixés sur l'étage correspondant en face.

— Patience, disait l'un des deux guêteurs, il m'en a fallu une bien plus forte dose pour suivre son déménagement à la piste quand elle quitta la rue de Courcelles sous prétexte de retourner dans sa terre de Normandie.

A peine finissait-il de parler, que la vive lumière d'une lampe éclaira tout à coup une des pièces dépendantes de l'appartement, objet de leur attentive surveillance. Alors, grâce à la négligence avec laquelle les doubles rideaux des deux fenêtres avaient été fermés, ils purent embrasser d'un seul coup d'œil toutes les parties d'une chambre à coucher somptueusement meublée, et voir distinctement à demi-couchée sur un divan une jeune femme, la tête appuyée sur sa main et ressemblant ainsi à distance à une belle statue.

— Eh bien! dit le premier interlocuteur, es-tu sûr maintenant que c'est elle, que je ne m'étais pas trompé, que le docteur ne s'était pas trompé davantage, en disant qu'elle était près du terme? Vois, elle se lève maintenant.

— Ah! oui, mon ami, tu avais raison, c'est bien elle, avec sa fatale beauté!

— Assez comme cela, n'est-ce pas? reprit l'autre jeune homme.

Et tous deux s'éloignèrent du poste où ils se tenaient depuis près d'une heure.

— A propos, reprit celui qui était évidemment intéressé à la reconnaissance qui venait d'être faite, comment es-tu parvenu à faire causer le docteur?

— Rien de plus simple, lui fut-il répondu, le docteur demeure ici même, j'ai feint une indisposition, et l'ai fait appeler; lorsqu'il m'a eu guéri du mal que je n'avais pas, nous avons fait connaissance, ce qui était le but de ma maladie. Rien ne m'a été ensuite plus facile que de savoir de cet homme, qui était sans méfiance, qu'il devait accoucher incessamment la *jolie dame d'en face.*

— Que pense-t-il d'elle?

— Belle question! tout ce qu'elle a voulu qu'il en pensât: qu'elle a perdu son père, il y a un an, ce qui est vrai; que son mari est absent et voyage en Amérique, ce qui est faux.

— Crois-tu qu'elle élève l'enfant?

— Tu es fou d'en avoir seulement l'idée! Est-ce que ces femmes folles d'orgueil élèvent jamais les enfans fruit d'une faiblesse? Et le monde donc! et l'opinion! l'opinion, cette folle qui a un sceptre et une couronne comme une véritable reine! Que dirait le monde, que dirait sa gracieuse souveraine! Ne sais-tu pas que ceux qui ne relèvent que de ces puissances n'ont d'autre souci sinon que de leur faire perpétuellement la cour? Que les saints devoirs de la nature deviennent ce qu'ils pourront; quand ils sont compromettans pour ces courtisans de la sottise, ils les mettent aux oubliettes.

— Oui, tu as raison, et comme tu dis, j'étais fou d'avoir seulement l'idée que cette *folle d'orgueil* puisse ressentir la touchante émotion du sentiment maternel. *Le monde*! que dirait le monde? Voilà la grande, l'unique préoccupation de ces âmes sans lest, qu'importe le reste! Aussi, surveillons-la avec vigilance, et malheur à elle si un jour je suis forcé de lui demander compte de mon enfant!... écoute-moi, mon ami, comme tu pourras facilement, grâce au docteur, savoir à quelles mains mercenaires elle aura confié la chère petite créature, je m'en repose sur toi pour cela, le reste me regarde. Quand je serai fixé sur ce point, je rentrerai dans ma vie de travail et de lutte, mais invisible pour elle, je ne cesserai de veiller sur l'enfant: ce sera ma grande tâche, et je n'y faillirai point; ma vie aura un but, j'y marcherai d'un pas ferme et persévérant.

Deux jours après *la jolie dame d'en face* avait donné le jour à une charmante petite fille qui fut bientôt confiée à une de ces femmes dont le métier consiste à remplacer les mères.

Or, cette charmante petite fille, c'était Louise, cette mère *folle d'orgueil*, c'était Marguerite, et ce jeune homme qui venait de donner pour but à sa vie de surveiller cette mère et de veiller sur l'enfant, c'était le peintre André Sarda, nos lecteurs l'avaient déjà deviné.

III.

Quinze ans s'étaient écoulés depuis cette époque jusqu'à celle où Louise, toute rayonnante de jeunesse et de beauté, captivait le cœur de Lucien.

Pendant cet intervalle, André n'avait jamais perdu sa fille de vue plus de deux ou trois mois, craignant toujours que la véritable mère ne l'enlevât à la tendresse de la mère adoptive.

Il avait sacrifié tout autre amour à l'amour paterne, et cet homme si indécis, d'une volonté si fragile, avait puisé dans cette sainte et légitime passion (car tout est passion pour ces âmes-là) une puissance de réalisation comparable, pour les effets, aux ténacités de la volonté la plus virile. Il avait besoin de croire qu'il réussirait pour réussir; il le comprenait, et il était parvenu à acquérir cette foi sans laquelle celui qui sent en lui-même la moindre étincelle de talent restera médiocre toute sa vie.

Il était devenu un grand, un éminent artiste, non pour faire rougir un jour Marguerite de ses misérables dédains, mais parce qu'il voulait, à l'aide du travail, préparer une dot à sa fille; or le travail ne lui avait pas seulement donné l'aisance, mais encore la gloire qui, dans l'art, conduit à la fortune.

Depuis que son nom dominait tous les noms contemporains que le pinceau avait illustrés, bien des fois déjà il avait hésité à se faire connaître à sa Louise tant aimée; c'était la suprême félicité qu'il rêvait, c'était là où tendait sa vie. Mais elle se croyait l'enfant de Maurice et de Jeanne, et elle était si heureuse, elle était si calme dans le sein de cette douce fiction qui pour elle était la vérité.... Fallait-il tant se hâter de lui révéler le triste secret de sa naissance!...

Ainsi, tandis que la mère égoïste et sans âme sacrifiait impitoyablement sa fille à son orgueil, le père, lui, pour lequel cette fille était, depuis quinze ans, toute la vie du cœur se sacrifiait avec un sublime dévouement à la seule crainte de troubler la sérénité de son enfant! Il attendait... il attendait qu'elle eût besoin de lui pour lui demander sa récompense.

Plusieurs fois, chaque année, il se procurait, au moyen de ruses touchantes, le bonheur de la voir, se contentant de la savoir heureuse, quand une fois il l'avait vue!

Il viendra un temps, disait-il, où ma charmante Louise qui est belle comme un ange, et qui, Dieu en soit loué, ressemble par un singulier hasard à sa mère adoptive, touchera le cœur de quelque honnête garçon. Ce sera le moment que Marguerite choisira pour lui faire connaître *sa tendresse maternelle et ses droits*, elle se rappellera qu'elle est mère quand commencera de nouveau pour elle le danger de cette maternité. L'acte de naissance de Louise n'est-il pas en effet un certificat du déshonneur de cette femme si fière de sa réputation usurpée! Elle voudra donc que cette pièce ne soit jamais produite à la lumière, c'est à dire que ma fille si charmante et si belle reste vouée à un perpétuel célibat! Jeanne la chérit, Maurice l'aime comme s'il était son père; mais Jeanne cédera par devoir, car je connais le lien qui l'attache à cette Marguerite qu'elle méprise. Louise cédera par dévouement filial, pour sauver l'honneur de sa mère, et Maurice courbera la tête en frémissant, comme tous les hommes violens qui ont les mains liées! Ce jour sera mon jour à moi, j'arriverai alors, je paraîtrai quand *elle* aura troublé la paix de mon enfant, quand *elle* aura pris son bonheur pour en faire litière à son orgueil. Elle reverra cet André auquel elle s'était donnée et qu'elle avait repoussé comme époux, parce qu'il était pauvre et obscur. Ce sera à mon tour à moi de la tenir suppliante à mes pieds, non point me conjurant de sauver mon nom de l'opprobre comme je la conjurais moi-même il y a seize ans, alors qu'entre nous les rôles étaient si tristement intervertis, mais bien cette fois m'implorant de ne pas la flétrir, me priant avec larmes de ne pas renverser du pied le misérable échafaudage de mensonge et de duplicité sur lequel repose cette estime publique dont elle jouit sans y avoir droit et qui lui tient lieu de conscience et d'honneur!

Mais je serai sans pitié pour elle comme elle fut sans pitié pour moi, lâche et insensé que j'étais, et la première fois que le père se montrera à sa fille, ce sera pour la sauver de sa mère!

C'était ainsi que la tendresse d'André pour Louise avait tout prévu, et tout arrivait comme il l'avait prévu, mais un peu plus tôt seulement.

Elle n'a que quinze ans à peine, pensait-il deux mois avant la dernière fête patronale d'Héricourt, rien ne presse encore.

Mais lorsque sa sollicitude paternelle l'eut attiré à cette fête, qu'il la vit déjà si belle et si magnifiquement développée, captiver son beau danseur; que prudemment caché il put lire sur la figure de Marguerite les pensées, les préoccupations qui l'assiégeaient, il changea complètement d'avis et se dit : *Il est temps.*

J'ai mal fait d'écrire, pensa-t-il, c'est là un demi-moyen et presque toujours les demi-moyens manquent le but. Il faut savoir quel est ce jeune homme. Si j'en juge par l'effroi et la haine qu'il inspire si visiblement à Marguerite, il y a lieu de penser qu'il est pour ma Louise un parti sérieux. Laissons passer quelques semaines, nous aviserons ensuite.

Mais, ainsi que nous l'avons vu, la passion de Lucien pour Louise avait été très vite, plus vite que le père n'avait calculé, et quand il était revenu faire jaser Philippe *le Gascon*, il resta confondu d'avoir été distancé par tout le monde.

Cependant, après un premier mouvement de terreur, d'abattement, puis de colère, son parti fut bientôt pris.

Les renseignemens de Philippe étaient précieux; il en vérifia l'exactitude avec habileté et discrétion dans la soirée même, s'étant par hasard rencontré dans la *cuisine* de la mère Patin avec le fameux Pierre, le bavard jardinier de Maurice.

Il mit donc à profit tout ce qu'il avait appris, et combina le projet très simple dont nous l'avons vu commencer l'exécution à Paris, à Cany et à Héricourt.

IV.

Maurice et Jeanne, préparés par tout ce qu'ils avaient appris de Philippe, conçurent la même pensée qu'ils se communiquèrent du regard lorsqu'André se présenta devant eux.

Cependant, quand il dit *je suis le père de Louise*, ils ne purent retenir une exclamation soudaine de joie et de surprise. Ce cri parti du cœur du père et de la mère adoptifs de son enfant trouva aussitôt un écho dans le sien.

— Mes amis, dit-il, avec une profonde émotion, peut-être m'avez-vous mal jugé parce que je viens bien tard, mais ne vous hâtez point trop cependant de me condamner, entendez-moi auparavant, et j'espère que vous me trouverez digne de votre estime et de votre amitié... J'ai bien tardé à me faire connaître à *notre chère enfant*, mais moi seul sait ce que j'ai souffert en différant ainsi l'avénement de cette grande fête de ma vie! Vous l'aimiez tant tous deux! elle était si heureuse dans cette douce croyance qu'elle était votre fille, à vous, qui avez pour elle toutes les adorables tendresses d'une mère, à vous qui lui avez toujours témoigné la profonde affection d'un père, que je ne pouvais jamais me résoudre à détruire cette précieuse félicité.

Oui, mes dignes amis, j'ai préféré jusqu'ici la solititude désolée de mon foyer sans famille à l'égoïste bonheur de vous arracher ma fille. Cent fois j'en ai conçu le projet, mais toujours le courage m'a manqué, car, avant tout, n'aurait-il pas fallu lui dire : Tu t'es trompée, Louise, tu n'es point la fille de cette noble Jeanne que tu appelles *ma mère*! depuis le berceau. Tu n'es point la fille de cet homme au cœur loyal et dévoué, auquel tu dis *mon père* et qui te répond *mon enfant*. Tu es une créature que la société a flétrie en naissant, la fille naturelle de Marguerite Bruce et d'un père inconnu! Ce père, que tu n'avais pas encore vu jusqu'ici, c'est moi. Dis adieu à tes rêves, voilà la réalité. Je suis seul, je suis triste; quitte cette maison bénie, viens me consoler et m'aider à vivre! — C'est parce qu'il aurait fallu lui parler ainsi que j'ai tant différé. Ah! ce long sacrifice m'a coûté bien des larmes secrètes, de ces larmes qui n'ont que Dieu pour témoin! Le soleil de ma jeunesse a été bien terne, mais je me sentais fortifié, soutenu dans cette pénible épreuve par mon sacrifice même, puisqu'il prolongeait la paix de mon enfant.

Maintenant que je sais que la mère a parlé, maintenant que cette femme, qui a préféré laisser une flétrissure sur son nom et sur celui de sa fille, plutôt que de porter le mien, trouve que ce n'est pas encore assez, me voilà. Je suis venu à mon jour : elle vous avait perdre *notre Louise*, le père est arrivé pour vous la rendre!

La figure de Jeanne rayonnait d'une joie si excessive en l'écoutant parler ainsi; ses traits, si beaux, si purs, si harmonieux, s'animaient, à chacune de ses paroles, d'une si sympathique émotion, qu'il en fut frappé et lui dit :

— Oh! madame, quelle mère elle a en vous!

— Comment ne pas l'aimer de toutes les forces suprêmes de son cœur, cette chère, cette sublime enfant! répondit-elle; puis elle ajouta :

— Hélas! vous nous la rendrez, mais pour la reprendre.

— Non, madame, ce sera M. Lucien Coursel qui nous la prendra à tous; mais nous, qui l'aimons pour elle, nous serons bien heureux de la perdre ainsi.

— Oui, dit Maurice, car il est digne de Louise, ce brave Lucien.

— Je le sais, reprit André, car nous sommes deux amis, Lucien et moi.

Comme Jeanne et Maurice s'étonnaient :

— C'est juste, dit-il, cela doit vous surprendre; mais cette intimité, encore à ses commencemens, n'est qu'un épisode de mon histoire, et, pour vous comme pour moi, il faut que vous la connaissiez tout entière.

Il leur raconta alors ce que nos lecteurs ont pu lire dans le chapitre précédent.

Quand il eut fini, ses deux auditeurs lui tendirent chacun spontanément la main, qu'il pressa avec effusion dans les siennes.

Tous trois avaient les yeux humides de larmes. Le père en parlant de sa fille, en analysant toutes les souffrances dont la privation de cette enfant avait abreuvé sa vie, les luttes soutenues contre son propre cœur, avait trouvé de ces paroles émouvantes dont l'amour seul a le secret, quelque nom qu'il porte d'ailleurs, et quelque soit la corde qu'il fasse vibrer en nous.

— Mon ami, dit Maurice (que le père de notre Louise me permette à mon tour de l'appeler ainsi).

— Ah! pourriez-vous hésiter, interrompit André; n'est-elle pas notre lien à tous trois, et quel autre nom pourrait mieux nous convenir que celui-là!

— Oui! oui! reprit Maurice, elle est notre lien à tous trois... Mon ami, je voulais vous demander quel était le plan que vous aviez arrêté?

— Mon cher Maurice, répondit André en souriant, avez-vous quelque confiance en mon habileté?

— Toute confiance.

— Eh bien! laissez-moi vous développer mon plan en action, vous aurez de cette manière le plaisir de la surprise.

— J'y consens bien volontiers.

— Puisqu'il en est ainsi, mettons-nous à l'œuvre de suite; vous savez que mon histoire finit au moment où je dépose ce pauvre Lucien à l'auberge du *Grand-Saint-Laurent*.

— Oui.

— N'oubliez donc pas que le cher amoureux y est toujours et doit y faire piteuse figure; qu'ainsi, la première chose par laquelle il faudrait commencer, si vous le trouviez bon, serait de dégager ma parole en allant le chercher.

— Ma foi, de bien grand cœur.

— N'êtes-vous pas d'avis, chère madame, et vous aussi, mon cher Maurice, que nous pouvons dire aujourd'hui même à Lucien ce que, dans tous les cas, plus tard, ce serait un devoir pour nous de lui révéler?

— Maintenant que Marguerite n'est plus seule, répondit Jeanne, et que vous êtes là, vous le père de Louise, il n'y a pas à hésiter : nous devons tout dire immédiatement à Lucien, et, pour mon compte, je donne l'assentiment le plus complet à votre idée.

— Moi, dit Maurice, je l'approuve d'autant plus que c'était aussi la mienne. Les gens d'honneur doivent toujours marcher à ciel ouvert, même devant l'ennemi.

— *Même devant l'ennemi*, c'est un tort cela, dit André; j'ai pensé comme vous longtemps et j'ai agi en conséquence, mais l'expérience m'a redressé et j'en suis revenu à cette maxime de Montaigne, que : *là où la peau du lion ne suffit, il faut savoir y joindre et coudre un lopin de la peau du renard.* J'espère, mes bons amis, que pour ce qui nous reste à faire, vous voudrez bien vous prêter à ma diplomatie; j'ai mon autorité, comme vous voyez, et celle-là en vaut bien une autre.

— Nous ne pouvons et voulons faire que par vous et comme vous, répondirent les deux époux.

Maurice sortit donc pour aller chercher Lucien auquel il fut convenu qu'il donnerait rapidement, pendant le trajet, le mot de cette fameuse énigme que le pauvre garçon s'était inutilement tourmenté à vouloir trouver.

V.

A peine avait-il franchi le seuil de sa maison qu'on vint dire à Jeanne que le *Gascon* désirait l'entretenir.

— *Mon pays,* dit André à voix basse; ah! faites-le entrer.

Jeanne sourit, et l'ordre fut donné d'introduire notre ami Philippe.

A peine fut-il entré que, s'adressant à Jeanne qui s'était un peu tournée du côté de la porte tandis qu'André faisait complètement face au foyer, il s'écria :

— Madame! madame! grande nouvelle! Le messieu à la lettre est revenu! Il est descendu au *Grand-Saint-Laurent* avec le nouveau docteur de Cany.

— Ah! double traître! s'écria dramatiquement le messieu à la lettre en se levant tout à coup et en s'avançant sur le *pays* d'une façon menaçante.

A cette apparition inattendue, la figure de Philippe prit l'expression d'un effroi comique : dans sa terreur, il regardait Jeanne avec des yeux supplians, et ne comprenant rien à son immobilité indifférente, il lui demandait, par une pantomime expressive de lui venir en aide dans un si grand danger, lorsque tout à coup André fit entendre un bruyant éclat de rire.

— C'est égal, fit le Gascon, vous pouvez vous vanter de m'avoir fait une fameuse peur!

— Conviens que tu es bien heureux d'en être quitte à si bon marché et que tu mériterais bien mieux pour une telle félonie!...

Le Gascon, pour toute réponse, regarda de nouveau Jeanne, sollicitant évidemment son intervention qu'elle ne put enfin refuser.

— Il faut lui pardonner, dit-elle, il savait que nous vous désirions ici, et que, de votre côté, vous n'étiez pas fâché de venir nous voir. Dans notre intérêt à tous, il nous apportait la bonne nouvelle de votre arrivée.

— Allons, Philippe, ajouta-t-elle, tu es un brave garçon. Ne crains rien. Tout le monde ici te veut du bien, et on te le prouvera avant peu. Merci de ton intention, mon ami; tu peux te retirer maintenant, monsieur n'a aucun mauvais vouloir contre toi.

— Oui, dit André à son tour, tu es un brave garçon, quoiqu'un peu bavard; mais c'est bien pardonnable, ce petit défaut est comme l'accent, il tient au sol; au revoir, *pays*.

Philippe, parfaitement rassuré cette fois, s'en fut de

son pas le plus hâtif raconter à la mère Patin que l'oncle de Mlle Louise était réconcilié avec ses frère et sœur, et que, *pour le sûr*, on pouvait *assertener* qu'il allait *rarranger* le mariage de sa nièce avec le nouveau docteur de Cany.

— Belle découverte! répondit la mère Patin, il y a plus de dix minutes que Pierre est venu me conter ça. Mais il y a bien mieux, Gascon, et quoique tu n'aies pas eu de confiance en moi et que tu aies fait le cachotier avec une femme qui est une tombe pour le secret, je ne veux pas te rendre la pareille; non, je n'ai pas de rancune, moi; c'est mon défaut, ça toujours été ma perte; mais c'est égal.

— Il y a donc encore quelque chose?

— Il y a que tout à l'heure M. Maurice lui-même en personne est venu ici chercher le jeune monsieur, et qu'ils sont partis tous deux en se faisant des amitiés sans pareilles et bras dessus bras dessous.

— C'est l'oncle qui fait son effet, mère Patin, c'est l'oncle!

— Dam! ça en a bien l'air, et je gagerais vingt sous contre dix qu'avant deux ou trois jours la petite demoiselle aura planté là son couvent. Chère petite tourterelle du bon Dieu! si douce et si polie à tout le pauvre monde, ce sera une fête pour la commune de la revoir. Si vous étiez des hommes, Gascon, vous et le *restant* de l'orchestre, vous iriez jouer un air ou deux devant sa maison, le jour *ousque* qu'elle y rentrera.

— C'est une idée, ça mère Patin, et une bonne.

—Pardinne, est-ce que tu crois que je n'en vaux pas une autre pour les idées? Demande à Tacheux, quand il a peint mon enseigne, si c'est pas moi qui lui ai fait penser à *représenter un gril*, et si il n'allait pas l'oublier; mais heureusement j'étais là. Oh! ce n'est pas pour me vanter, car *louange de soi-même ne prouve rien de bon*, mais pour les idées, je ne crains personne dans toute la commune.

Le lendemain de cet entretien, il n'y avait pas un seul habitant dans le village d'Héricourt qui ne sût que l'oncle de Mlle Louise avait renoué le mariage de sa nièce avec M. Coursel et qui n'affirmât que cette *chère demoiselle du bon Dieu* allait revenir *pour sur* le soir même.

VI.

Madame, disait à sa maîtresse, Mlle Mariette, la femme de chambre de Marguerite, trois ou quatre heures après l'arrivée d'André à Héricourt, il paraît que Mlle Louise va sortir du couvent et épouser M. Coursel.

— Qui vous a raconté cette stupide histoire? répondit Mme Scot?

— Mais, madame, je vous assure que c'est bien vrai, car c'est Pierre, le jardinier de M. Maurice, qui l'a dit à Jacques, votre palefrenier, et c'est Jacques qui me l'a rapporté il n'y a qu'un instant.

— Vous avez là de belles autorités!

— Mais, madame, je vous assure que Pierre a dit à Jacques que l'oncle de Mlle Louise est déjà arrivé pour la noce.

— C'est bon, mademoiselle, croyez cela si vous y prenez plaisir, mais ne m'en parlez pas davantage.

Mlle Mariette se voyant si peu encouragée garda le silence.

Cependant Marguerite, que la fable de cet oncle qu'elle savait ne pas exister devait rassurer complètement sur le fond même de l'étrange nouvelle qui lui arrivait d'ailleurs par une source aussi peu officielle, ne pouvait cependant se défendre d'une vague terreur.

Quelque chose lui disait que tout ne pouvait être fini ainsi, et qu'elle devait s'attendre à soutenir une lutte sérieuse sans un seul allié.

M. Coursel sera revenu, pensa-t-elle, il aura revu Maurice; il doit y avoir quelque chose de vrai dans ce que vient de me conter cette fille. Seulement, comme ces gens-là ne peuvent jamais rien répéter sans y ajouter leurs propres folies, ils auront inventé cet oncle tombé du ciel dont personne n'a jamais entendu parler. A moins toutefois que ce ne soit l'oncle de ce M. Coursel; il me semble, en effet, qu'il est le neveu de ce fameux avare dont on raconte des traits si singuliers, ce sera cela probablement; au surplus, demain je saurai à quoi m'en tenir.

VII.

Maurice, en retournant de l'auberge de la mère Patin chez lui, avait initié Lucien au secret de la naissance de Louise et à tous les détails qui s'y rattachaient, de sorte que lorsque le jeune homme se trouva en présence d'André, il n'avait plus rien à apprendre de lui.

— Eh bien! mon cher docteur, lui dit ce dernier aussitôt qu'il l'aperçut, suis-je un homme de parole? M. Maurice n'est-il pas allé vous chercher lui-même, comme je vous l'avais promis, et ne savez-vous pas maintenant tout ce que vous désiriez savoir?

— Oh! répondit Lucien, laissez-moi vous embrasser; car vous m'avez rendu trop heureux, et je ne sais d'autre moyen de vous remercier.

— De grand cœur, mon ami, de grand cœur.

Et ils s'embrassèrent comme de vieux amis de vingt ans qui se retrouvent après une longue séparation.

— Maintenant, dit André, je suis forcé de vous soumettre à une seconde épreuve, mais elle ne sera ni aussi longue ni aussi dure que la première; ainsi ne vous troublez pas; nous allons nous occuper de reconquérir notre chère enfant. Or, comme il ne conviendrait pas que vous vous associiez à nos efforts, que vous devez au contraire y rester complètement étranger, vous allez retourner à Cany d'où vous ne bougerez jusqu'à ce que vous ayez de nos nouvelles. J'espère que vous m'appréciez en ce moment à ma juste valeur, que vous ne doutez plus de moi, puisqu'enfin j'ai fait mes preuves, et par conséquent que vous serez à la fois patient et confiant dans l'attente. Je vous parle ainsi par excès de précaution, car il serait possible que Louise fût ici demain ou après demain; mais il faut tout prévoir.

— Oui, approuva Jeanne, soyez plein d'espoir pendant que nous allons travailler à vous rendre notre Louise. Vous savez bien que nous ne sommes pas des égoïstes, et qu'aussitôt qu'elle sera rendue à notre tendresse, nous vous appellerons à venir prendre votre part de bonheur.

— Allons Lucien, reprit André, je ne vous dirai pas, soyez homme, *esto vir*, car il ne s'agit pas ici de courage, mais de patience; adieu donc, mon ami, la route est affreuse, la nuit s'avance et le ciel est plein de menaces; bon voyage, sauvez-vous!

Lucien fit bonne contenance, tout le monde lui serra la main et il partit.

Jeanne le reconduisit jusqu'à la porte extérieure, et là elle lui dit :

— Je veux que vous me fassiez une promesse.

— Que pourrais-je vous refuser, madame? répondit-il.

— Louise est bien jeune. Promettez-moi de ne pas me la prendre avant un an.

— Ah! quand vous tous et elle surtout m'avez donné l'exemple du sacrifice, comment pourrais-je à mon tour vous refuser celui que vous seriez en droit d'exiger?

Jeanne lui prit vivement la main :

— Merci, lui dit-elle, merci! Ah! ma Louise sera bien heureuse avec vous, car votre cœur est semblable à celui de Maurice. Adieu, à bientôt.

—Voilà un digne garçon, disait André à Maurice quand Jeanne rentra.

— Oui, répartit celui-ci, c'est un brave garçon. Savez-vous ce qu'il m'a répondu quand, après lui avoir tout appris, je lui ai dit : Vous voyez, Lucien, notre pauvre Louise n'est qu'une enfant naturelle!

— Il vous a répondu que cela lui était bien indifférent, parbleu? Est-ce que vous et moi n'aurions pas répondu de même à sa place?

— Voyez-vous, mon cher Maurice, outre la famille du

sang, il y a la famille de l'*âme*, passez-moi cette forme jusqu'à ce que j'en aie trouvé une meilleure. Tous trois, vous, lui et moi, nous sommes très proches parens par l'affinité des sentimens de l'esprit, du cœur, que sais-je, par tous les côtés enfin de notre nature morale. Les gens comme nous se connaissent et s'aiment au bout de deux heures. C'est là l'effet d'une loi d'attraction très élevée et très noble.

Les natures arithmétiques, froides, réservées, s'entre-toisent, mais ne se rapprochent point. Les natures fourbes, hypocrites, égoïstes s'évitent, et ne se rapproche ni que pour se combattre ; mais, par préférence, c'est sur nous qu'elles se jettent, nous sommes leur pâture habituelle. Pardon, mon cher Maurice, du long développement de ma théorie, mais, voyez-vous, en toutes choses j'aime à me faire la métaphysique de mon opinion.

— Quoi qu'il en soit de votre théorie, répondit Maurice, vous avez parfaitement deviné la substance de la réponse de Lucien, qui a ajouté : Je voudrais maintenant qu'elle fût sans fortune pour qu'elle vît bien que c'est elle, *elle seule* que j'aime.

— Ah ! c'est un noble et digne jeune homme, dit Jeanne à son tour.

— Maintenant, mes amis, observa André après un moment de silence, à l'action ! Il nous faut madame Scot ce soir.

— Cela vous regarde, chère madame ; veuillez lui écrire de façon à faire naître le trouble dans son esprit : vous serez dans le vrai, car, en vérité, son œuvre est singulièrement menacée, et vous la verrez accourir ce soir ; d'ici là, nous conviendrons de nos rôles.

Jeanne réfléchit un instant et écrivit à Marguerite le billet suivant :

« Madame,

» Le coup que la mort a frappé à vos côtés rendant désormais inutile le sacrifice qui vous a été si généreusement et si noblement accordé, il serait important que je puisse vous voir chez moi, afin de nous entendre pour le faire cesser au plus tôt.

» Je suis dans l'intention de partir demain pour Rouen. Si vous ne veniez pas, je considérerais votre abstention comme une ratification donnée à l'avance de tout ce que je ferai dans le but que vous devinez parfaitement.

» JEANNE, MAURICE. »

— Très bien ! cela, dit André, très bien !

Le billet fut donc cacheté et envoyé de suite

VIII.

Lucien arriva chez son oncle la figure épanouie, Mériel l'y attendait.

— Ah ! dit-il, voilà une figure rassurante, il parait que nos affaires de cœur sont en meilleure voie.

— Elles vont à merveille, mon ami.

— Eh ! bien, conte-moi ça vite ; sais-tu maintenant le mot de cette fameuse énigme ?

— Oui, on m'a tout raconté, tout expliqué, mais je n'en puis rien confier, même à ton amitié éprouvée, ce n'est pas mon secret.

— Je comprends cela à merveille, mon brave Lucien, pour moi, l'important est de te savoir heureux et d'avoir l'agréable perspective de danser avant peu à ta noce; bonsoir, ma voiture est devant la porte, n'est-ce pas ?

— Oui.

— Allons, adieu, car j'entends notre bon oncle, et je me sauve.

A peine était-il sorti que Plumart entra.

— Ah ! te voilà revenu, monsieur le docteur, dit-il, et notre malade..... J'espère qu'il ne va ni trop bien, ni trop mal ?

— Il va mieux, mon oncle, beaucoup mieux.

— Diable ! est-ce que ça ne va pas durer un peu ?

— Ah ! pour cela, oui.

— A la bonne heure, mais dis-moi, car j'ai oublié de t'en causer hier, et cette demoiselle aux quinze mille francs de rente *en espérances* ; voilà le moment arrivé de connaître le chiffre de la dot, tu ne m'en parles plus ?

— J'allais précisément vous en dire deux mots, mon oncle ; j'ai vu M. Maurice aujourd'hui même, et dans deux ou trois jours nous devons traiter cette affaire sérieusement.

— *Sérieusement*, très bien, mais *simplement* aussi, car enfin il s'agit de fixer un chiffre, rien qu'un chiffre... Au surplus, ce que je te conseille là c'est tout bonnement pour en avoir le cœur net, parce que j'ai réfléchi, et je crois que tu ne ferais pas mal, puisque à toute force tu veux t'empêtrer d'une femme, de voir ailleurs... Aussi bien, j'ai mon idée, moi... J'ai quelqu'un en vue.

— Comment, mon oncle ! mais je vous ai dit que j'aimais mademoiselle Louise !

— Ah ! ça, vas-tu me laisser tranquille avec tes sornettes !... Oui, j'ai quelqu'un en vue, et pour parler net, il y a ici la fille d'Engoulement, banquier, qui ferait bien mieux ton affaire.

— La fille d'Engoulement !... Mais vous n'y pensez pas !... Laide, difforme, vulgaire !

— Veux-tu me laisser tranquille !... Le père m'a fait de grandes avances tantôt ; il te veut du bien, cet homme-là.

— Engoulement me veut du bien !... De quoi se mêle-t-il ? Un homme sans éducation, enrichi on ne sait comment, ou plutôt on ne le sait que trop ; qui a eu une foule de procès dégoûtans dont il s'est tiré flétri, il se permet de me vouloir du bien, ce monsieur ?

— Très riche, plus de six cent mille francs; constitution apoplectique, cou très court ; il n'en a pas pour deux ans. Sa fille est un des grands partis du pays.

— Vous voudriez que je choisisse pour beau-père un homme auquel je rougirais de donner la main dans la rue ?

— Fortune de six cent mille francs au moins ! fille unique ! père apoplectique et gros mangeur. Quel coup de filet quand un gendre vous enterre cela !

— Un homme taré, déshonoré, flétri ! aller se mêler par cupidité à toutes ces salissures !

— Tandis que cette petite *Mélanie, Sophie...*

— *Louise*, mon oncle.

— *Louise*... ça m'est bien égal, a un père et une mère, et que l'autre la fille d'Engoulement, n'a plus que son père !

— Il est joli, son père !

— Quel bavard !... Que non seulement l'avantage est de son côté à cause de cela, mais qu'il y est encore à un autre point de vue, puisque ce père, outre qu'il est sanguin, est déjà vieux, tandis que l'autre est encore jeune et point sanguin et que sa femme, qui n'a pas l'air d'avoir seulement trente ans, se porte à merveille.

— Oui, mais M. Maurice est un honnête homme et M. Engoulement est tout le contraire d'un honnête homme.

— Vas-tu te taire !... Et en outre Engoulement est autrement riche que l'autre ; je gagerais qu'il y a moitié de différence ; de sorte que sa fille...

— Quand elle aurait un million, deux millions, quatre millions, autant de millions que vous voudrez enfin, elle peut-être bien certaine de mourir vieille fille si elle compte sur moi pour l'épouser !

— Vas-tu enfin me laisser tranquille ?... De sorte, que sa fille est tout ce que tu pourras jamais rencontrer de plus avantageux.

— Quand même je n'aimerais pas Mlle Louise, je préférerais encore me pendre que de m'adresser là.

— Une fille qui a perdu sa mère à l'âge de douze ans, qui s'est mise au ménage de bonne heure; une fille économe, rangée, connaissant le prix de l'argent.

— Rouge de cheveux, sale de sa personne, des façons de cuisinière.

— Dépensant peu pour sa toilette, n'ayant point le goût

du monde, laborieuse, ne tapotant jamais sur aucun piano.

— Habillée comme une marchande de salade, vivant comme un hibou, incapable de se présenter dans le moindre petit salon de sa petite ville.

— Dont la conduite comme femme est irréprochable.

— Je le crois sans peine.

— Mal tournée, j'en conviens, pas de hanches et la poitrine *en dedans*, mais alors forcée de n'être point exigeante envers son mari, surtout s'il est beau garçon; de ces femmes enfin près desquelles un mari est toujours sûr d'être le bienvenu sans se gêner le moins du monde.

— Je vous le répète, mon oncle, cria de toute sa force Lucien, qui perdait patience, plutôt que d'épouser la fille d'Engoulement, j'aimerais mieux me pendre!

— Veux-tu que je te le dise? répondit Plumart furieux.... eh bien! tu es indigne d'avoir un oncle comme le tien, qui veut faire ton bonheur malgré toi! Tu feras une mauvaise fin, vois-tu! Oui, si je vis encore trente ans, ce qui n'est guère probable, je le confesse, puisque j'en ai soixante-dix, je suis convaincu que j'aurai la mortification de te voir entrer à l'hôpital.

— A l'hôpital, moi!

— A l'hôpital, toi!

— Ma foi, mon oncle, sans doute il ne faut jurer de rien; mais, franchement, je ne crois pas en prendre la route.

— Et moi je te dis que tu la prends. Au surplus, fais bien attention à ceci, aime tant que tu voudras cette demoiselle....

— *Louise*, mon oncle.

— *Louise*, puisque Louise est son nom; mais mets-toi bien dans la tête que si le chiffre de sa dot n'est pas de *deux cent mille francs* et ses espérances de *douze mille francs de rente*, tu te passeras de moi à ta noce, parce qu'il ne sera pas dit que moi, Plumart, j'aurai l'air de ratifier les folies de mon neveu par ma présence.

En disant ces mots, *le bon oncle* prit un flambeau et se retira dans sa chambre, dont il fit claquer si violemment la porte, que la Françoise accourut au bruit.

— Ma foi, pensa Lucien resté seul, vous n'allez pas à l'hôpital sans contredit, mon cher oncle, mais vous prenez un peu le chemin de Charenton.

IX.

Marguerite réfléchissait à ce que lui avait raconté sa femme de chambre quand on lui remit le billet de Jeanne.

— Oh! mais non, pensa-t-elle après l'avoir lu, je ne l'entends pas ainsi. J'irai chez vous ce soir même, madame, je n'y manquerai pas, croyez le bien, et nous réglerons nos comptes une fois pour toutes pour ne jamais y revenir. C'est fatigant, en vérité, cette prétention de vouloir ainsi disposer de ma fille. Je vous ferai voir enfin que c'est moi qui suis la mère.

A huit heures du soir, comme elle l'avait résolu, elle se présenta chez Maurice.

Jeanne, qui était seule dans la pièce où elle fut introduite, la reçut avec une froide politesse, et la conversation s'engagea aussitôt.

Marguerite parla la première.

— J'ai reçu votre lettre, madame, dit-elle, et j'ai hâte de vous déclarer que j'entends désormais exercer sur ma fille, exclusivement, sans partage, l'autorité qui appartient à une mère. Or, comme je la trouve bien au couvent, ma volonté est qu'elle y reste.

— Ainsi, le sacrifice que vous lui demandiez, observa Jeanne, sacrifice dont la mort de M. Scot devait être le terme, est maintenant indéfini.

— Je n'ai d'explications à donner à personne sur ce point; Louise est ma fille et non la vôtre; vous l'avez beaucoup trop oublié. Elle a choisi elle-même la vie religieuse sans me consulter, sans me prévenir; elle est partie sans me dire un dernier adieu. Je trouve tout cela bon; je ne me plains point; mais puisqu'elle est entrée au couvent, elle n'en sortira plus.

— Très bien. Seulement je vous préviens que tout le monde ne l'entend pas ainsi.

— Que voulez-vous dire, madame, et qui oserait prétendre un droit sur ma fille?

— Je ne me charge pas de vous répondre.

— Qui donc s'en chargera, je vous prie?

— Ce sera moi, madame, dit tout à coup quelqu'un qui sortait d'une pièce voisine dont la porte était restée ouverte.

Marguerite se leva vivement, car elle n'avait pas reconnu la voix de Maurice, et se retournant elle se trouva face à face avec André.

A cette vue, elle perdit la tête et poussa un cri étouffé de surprise et d'effroi.

— Vous ne m'attendiez pas ce soir, ce me semble, lui dit-il d'un ton moqueur... Allons, remettez-vous, ne tremblez pas ainsi, on croirait que vous vous trouvez devant un étranger qui a surpris votre secret par trahison; mais puisqu'il n'en est pas ainsi et que ce secret est aussi le mien, si vous le voulez bien, nous allons causer un peu; veuillez vous asseoir.

Mais elle, comme si la foudre était tombée à ses côtés, restait pétrifiée, pâle, le regard injecté de sang et ne trouvait pas une parole.

— Mais asseyez-vous donc, madame, et revenez à vous, reprit André; vous aviez de mauvais desseins sur *notre* enfant; vous vouliez l'immoler à votre implacable orgueil; maintenant que je suis venu, moi le père, me jeter à la traverse de vos projets, cela vous donne à réfléchir; vous vous repentez, je le vois bien, vous avez même des remords, et, je dois l'avouer, on en aurait à moins, car c'était véritablement une bien misérable pensée, et vous arriverez quelque jour à en rougir, que celle de s'acharner ainsi sur cette charmante créature qui a puisé la vie dans votre sein! Ah! certes, je conçois à merveille que la honte que vous en avez en ce moment trouble vos esprits au point de vous empêcher de trouver un seul mot à me dire après une absence de seize ans.

— Monsieur, dit enfin Marguerite; mais je ne vous connais pas, moi!

— Vraiment, madame, vous ne me connaissez pas! et pourtant ma présence ici vous cause un si grand émoi!... Mais je devine, vous vous étiez trompée d'abord sur mon identité, et c'est pour cela que mon intervention subite vous a fait pousser un véritable cri de terreur! Maintenant vous commencez à vous apercevoir de votre méprise et vous me demandez en d'autres termes ce qu'il y a de commun entre vous et moi! Pardon, madame, mais votre première impression était la bonne, il faut y revenir. Au surplus, nous allons causer un peu du passé, et je suis convaincu qu'aux premiers mots...

— Monsieur, de grâce!...

— Eh bien! j'y consens, mais de grâce aussi ne jouez plus de comédie avec moi. Je suis le peintre André Sarda et vous vous êtes Marguerite Bruce. Il y a, comme je vous le disais tout à l'heure, seize ans que nous ne nous sommes vus. Seize ans! c'est un terme, sans doute, mais enfin, en y mettant un peu de bonne volonté, on se reconnaît encore même après seize ans. Moi, par exemple, je vous ai reconnue de suite, avant même de vous voir, au son de votre voix. Oh! vraiment, on ne sait pas assez combien le son d'une voix qu'on n'a pas entendue depuis de longues années remue au fond du cœur de souvenirs doux ou amers!... Quand je vous vis la dernière fois, vous demeuriez rue des Beaux-Arts. Cela paraît vous étonner que je vous aie vue là!... Rien n'est plus vrai, pourtant, c'était un 28 septembre, vous alliez bientôt devenir mère, il était dix heures du soir, vous étiez à demi couchée sur un divan, dans votre chambre; vos rideaux étaient très négligemment fermés et une lampe très puissante éclairait la pièce. Deux jours après, le 30 septembre, vous avez mis au monde notre Louise. Elle a été inscrite à l'état civil sous votre nom, *fille naturelle de Marguerite Bruce*. Vous l'avez ensuite placée chez une nourrice, à Lucienne ; puis, un mois après, vous vous en êtes débarrassée en la donnant à cette digne et noble femme qui en a fait un ange comme elle !... Maintenant, après avoir laissé dormir votre amour maternel pendant quinze ans, vous vous rappelez que c'est vous qui êtes la mère, parce que l'enfant vous gêne de nouveau et, comme vous ne pouvez plus la donner une seconde fois, c'est à elle même que vous vous adressez, afin qu'elle sauve votre honneur aux dépens de son bonheur à elle ! Mais je ne l'entends pas ainsi, moi, madame ! Je l'aime, moi, mon enfant ! J'ai souffert mille morts en vivant loin d'elle !... Je ne voulais pas lui enlever l'illusion si douce de se croire la fille de Jeanne et de Maurice, et pourtant que n'aurais-je pas donné pour l'entendre m'appeler *mon père*, et pour pouvoir l'appeler *mon enfant* !... Enfin, vous avez parlé, vous !... vous avez dit : C'est moi qui suis ta mère ; j'ai beaucoup attendu, il est vrai, avant de te faire cette révélation ; pourtant, aujourd'hui que ton bonheur menace ma sécurité, je ne puis plus tarder davantage ; ma fille, immole-toi pour ta mère ! Mais j'avais prévu cela, moi ! car je vous surveillais, Marguerite, et je suis venu à mon tour dire à mon enfant : Ton père te défend le sacrifice que l'orgueil égoïste te demande ; il t'ordonne d'être heureuse !... Me reconnaissez-vous, maintenant?

Marguerite releva enfin la tête.

— Oui, je vous reconnais, dit-elle, et je vous brave ! Vous êtes le père *ici*, *pour moi*, pour cette *noble femme*, et elle désignait ironiquement Jeanne, qui répondit à ce sarcasme par un sourire d'inexprimable mépris, mais, poursuivit-elle, pour Louise vous n'êtes rien, car Louise est la fille de Marguerite Bruce et *d'un père inconnu* ; vous le savez bien !

André la regarda fixement pendant quelques instans.

Comme toutes les natures fourbes, elle n'aimait pas ces regards profonds qui voient derrière le masque, elle se troubla donc.

— C'est incroyable, madame, dit enfin André, combien vous ignorez de choses, que vous devriez savoir, pour bien apprécier votre situation.

Ainsi, vous êtes à ma discrétion, et tellement à ma discrétion, que tout à l'heure, si je le veux, vous serez à mes pieds, implorant ma pitié, ma merci à deux genoux, et vous vous doutez si peu de ce qui va peut-être vous arriver, que c'est vous qui me menacez !

L'assurance d'André fit pâlir Marguerite, qui ne répondit pas, semblant attendre la preuve d'une proposition si hardie et si affirmative.

— Vous gardez le silence, madame, reprit-il, vous voulez savoir si je puis tenir tout ce que je promets avant de courber la tête ; c'est prudent, écoutez donc :

Il y a trois manières d'obtenir le titre légal de père d'un enfant naturel : la première, en faisant sa déclaration de paternité sur l'acte de naissance même ; la seconde, dans le contrat de mariage quand le père et la mère, honnêtes gens *tous deux*, ont l'intention de le légitimer en s'épousant ; enfin, à défaut de l'un ou de l'autre de ces moyens dont il n'est pas toujours au pouvoir d'un père d'user, et vous en savez quelque chose, il en reste un autre très simple, qui consiste à se présenter devant un notaire, et là de passer une déclaration par laquelle on se reconnaît le père de tel enfant naturel dont on désigne nécessairement la mère ; le notaire en dresse acte, et tout est dit. Comprenez-vous maintenant que vous êtes à ma discrétion ? comprenez-vous ma force ?

— En abuser serait une lâcheté que vous ne commettrez pas, monsieur !

— Ah ! vous n'êtes déjà plus si tranchante, voilà que vous ne menacez plus ! vous avez bien dit *lâcheté*, mais c'est une petite satisfaction que vous accordez à votre amour-propre irrité, pure affaire de forme, au fond, c'est une prière que vous m'adressez.

— Enfin, monsieur, quand il vous plaira de me dire clairement ce que vous exigez de moi.....

— Vous avez raison, il faut toujours finir par conclure, répondit André. Chère madame, dit-il, en s'adressant à Jeanne, veuillez bien faire apporter tout ce qui est nécessaire pour écrire.

Jeanne se leva et apporta elle-même ce qu'André avait demandé.

—Prenez, s'il vous plaît, la peine de vous placer devant cette table, madame, dit-il à Marguerite, et ayez, je vous prie, la bonté d'écrire ce que j'aurai l'honneur de vous dicter.

— Mais, monsieur.....

— Allons, madame, puisque nous sommes d'accord qu'il faut conclure..... vous ne voudriez pas sans doute me contraindre à aller demain chez Me Clément, notaire à Héricourt, faire la déclaration.....

— Très bien ! monsieur, je ne suis pas à vos pieds, mais je suis en votre puissance, dictez.

— Il ne faut jurer de rien, vous n'êtes pas encore à mes pieds, c'est vrai, mais vous pourriez bien y tomber avant la fin de cette entrevue.

Et il dicta les lignes suivantes :

« Ma chère Louise,

» La mort vient de frapper à mes côtés mon digne et vénérable époux, revenez-nous vite chère enfant, c'est moi qui vous en prie. »

— Ayez la bonté de signer, maintenant.

Et Marguerite signa.

— Vous êtes contens tous deux, à présent, je le suppose, dit-elle en regardant Jeanne !

— Madame, observa André, pardonnez, je vous prie, mais c'est à moi seul qu'il est nécessaire de parler... Non, je ne suis pas encore content.

— Ah ! je le vois, monsieur, il vous faut mon honneur tout entier à livrer à la risée du monde !

— Laissons, si vous le voulez bien, ces phrases à effet, car encore qu'elles vous coûtent peu, comme ce sont des phrases perdues, le mieux est toujours de s'en abstenir.

— Je ne suis pas encore content : en effet, demain Louise va sortir du couvent, et elle en serait sortie après demain si vous n'aviez pas écrit la lettre que je vous ai dictée. Ainsi, il ne faut rien exagérer; quand elle sera de retour ici, dans cette maison, près de tous ceux qui l'aiment, *notre* intention est de la marier à M. Lucien Coursel.....

— Mais, monsieur, que m'avez-vous concédé alors?...Ce mariage ne vous force-t-il pas à une divulgation publique de ma faute, plus publique même que la déclaration de paternité dont vous me menaciez tout-à-l'heure..... Pour marier Louise, ne faudra-t-il pas produire son acte de naissance?...

— Je le sais parfaitement... Vous ne vous en souciez pas, je le vois, et vous aimeriez mieux que votre fille ne se mariât jamais. C'est pour arriver à ce but que vous avez abusé de votre titre de mère... Et je comprends qu'en la mariant, même partout ailleurs qu'ici, il y aurait mille chances néanmoins pour que votre secret fût découvert. Eh bien ! savez-vous ce qu'il faut faire pour tout concilier ?

— Non, je n'en ai pas l'idée.

— Veuillez me prêter votre attention et je vais vous faire part de la mienne.

Il y a seize ans, quand vous vous aperçûtes que vous étiez mère et que vous repoussâtes cependant avec la plus insultante hauteur le nom que je vous offrais ; c'était pourtant celui d'un honnête homme, celui du père de votre enfant ; en le rejetant, vous vous jugiez vous-même : mais enfin il était alors obscur et ignoré et vous étiez ce que vous êtes toujours restée depuis, pétrie d'orgueil et de vanité, deux vices qui vont de pair, deux vices de toutes les petites âmes. Aujourd'hui que, grâce à une lutte opiniâtre, à un travail incessant, sans repos ni trêve, je l'ai fait sortir de la foule ce nom, qui n'est pas sans quelque gloire, que, si fière que vous soyez, vous n'auriez pas besoin de baisser la tête en l'échangeant contre le vôtre, que vous pourriez la relever, au contraire!... Eh bien!... je vous l'offrais, il y a seize ans, je vous l'offre encore!... Ce que je vous demandais pour moi autrefois, je vous le demande maintenant pour notre enfant. Par ce moyen, elle deviendra notre fille légitime... Quant à nous, cette réparation faite, nous reprendrons chacun notre liberté et ne nous reverrons jamais!

— Non, monsieur, répondit Marguerite sans aucune hésitation.

—Très volontiers, madame; alors, comme je ne veux pas, moi, que Louise reste la fille d'un *père inconnu*; comme je veux au moins faire disparaître cette triste tache de son acte de naissance, ne vous étonnez pas que demain, devant le notaire de votre village, je reconnaisse pour mon enfant *la fille naturelle de Marguerite Bruce, depuis veuve Scot.* Ce sera fâcheux pour vous, car, à cette publicité, viendra s'ajouter bientôt celle des bans de mariage; mais que voulez-vous, je ne puis pas sacrifier mon enfant à votre repos. Si vous n'avez pas les sentimens d'une mère, moi j'ai ceux d'un père, et ils parlent trop haut dans mon cœur pour que je tente jamais d'étouffer leur voix.

— Mais c'est affreux cela, monsieur!

—Vous trouvez... Eh bien! madame, ce sera cependant. Oui, quand même vous me demanderiez grâce et merci; quand même vous m'imploreriez, comme je vous implorais il y a seize ans, dans l'avilissement où ma misérable passion pour vous m'avait fait descendre!

— Oh! non, monsieur, vous ne le ferez pas, vous ne voudrez pas me perdre, vous aviserez bien quelqu'autre moyen pour tout concilier, comme vous disiez, que moi, pauvre femme, je ne connais pas, que je n'aperçois pas, car ce n'était pas me sauver de la honte ce que vous me proposiez tout à l'heure, mais bien au contraire c'était m'offrir de la constater publiquement moi-même! Oh! de grâce, empêchez!... empêchez le mépris du monde de tomber sur ma tête, je vous en supplie à genoux!

— Vous voyez bien, Marguerite, dit André en la relevant, que j'avais raison, il n'y a qu'un instant, quand je vous disais qu'il ne faut jurer de rien!... Vous pouvez vous retirer à présent, votre humiliation m'a désarmé. Il y a, en effet, un moyen de tout concilier, le soin de votre honneur et le bonheur de Louise. Pour elle, j'aurais préféré celui que je vous proposais... Vous n'avez pas voulu, et vous me demandez grâce... n'en parlons plus... Rassurez-vous, tout sera ménagé.

— Mais comment?...

— C'est mon secret, je n'ai plus rien à vous dire vous; avez ma parole, elle doit vous suffire.

Marguerite, humiliée, confondue, essuya les larmes que l'orgueil lui avait arrachées, larmes amères qui, loin de la soulager, irritent la douleur.

L'expression de son visage était d'une effrayante laideur morale, ses traits si réguliers étaient bouleversés; elle sortit en silence en lançant pour adieu à Jeanne un regard où étincelait la plus mortelle haine; ses jambes chancelaient, et pour regagner le château elle fut obligée de s'appuyer lourdement sur le bras du domestique qui l'accompagnait.

Maurice entra dans la pièce qu'elle venait de quitter aussitôt que les portes en furent refermées sur elle.

André lui raconta tous les incidens de l'entrevue et dit en finissant:

— Voilà Marguerite, mon cher ami! Triste sujet d'étude pour un philosophe moraliste, je vous jure!

Puis, s'adressant à Jeanne:

— Et vous, chère madame, que pensez-vous de cette femme maintenant? Avouez que vous étiez loin de vous attendre à la voir tomber si bas, et que vous ne la connaissez parfaitement que de ce soir!

— Je le confesse volontiers, répondit Jeanne. Certes, dans mes prévisions les plus sévères, je me tenais encore bien loin de la vérité. Oh! je la plains profondément, poursuivit-elle, car l'orgueil l'a tellement aveuglée qu'elle n'a plus même conscience de sa dégradation. Pauvre âme! que Dieu la relève! Moi je n'ai point de haine pour elle. J'en ai pitié.

— Vous êtes une noble créature, madame.

— Je suis chrétienne tout simplement, répondit-elle. Puis elle ajouta:

— Comment ferez-vous donc pour tenir la promesse que vous lui avez faite, de concilier le soin de son honneur avec le bonheur de Louise?

— Vous le saurez à temps, chère madame; permettez-moi de vous l'apprendre un peu plus tard..... C'est un moyen fort simple, je vous assure, et dont tout le monde se trouvera bien.... moi seul, peut-être.... Mais qu'importe!

— Je n'insiste pas alors; seulement, comment voulez-vous que nous nous trouvions bien de ce qui pourrait être pour vous une occasion de chagrin!

— Oh! ne vous occupez pas de moi... Demain il faut que vous portiez à notre enfant la lettre de Mme Scot; la pauvre petite n'en demandera pas davantage, et vous nous la ramènerez.

— Mon Dieu! vous avez exaucé ma prière, s'écria la pieuse Jeanne; merci, mon Dieu!

— Vous ferez en sorte, n'est-ce pas, reprit André avec émotion, qu'au moment où je la verrai elle sache tout, afin que je n'aie plus qu'à lui ouvrir mes bras.

— Oh! oui, elle saura tout avant de vous voir, croyez-le bien. Je n'oublierai rien de ce que je dois lui dire; je lui raconterai vos souffrances, vos sublimes dévouemens, tous les moindres détails, rien ne sera omis. Oh! demain, je l'espère, sera pour nous tous un jour de bonheur.

— De nous quatre, vous, madame, Maurice, Lucien et moi, lequel pensez-vous qui sera le plus heureux?

Jeanne hésita.

— Ce sera Lucien, reprit André.

— Pourquoi?

— Parce que quoi que nous pensions, quoi que nous disions, son amour, à lui, est le premier des amours.

— Vous croyez donc qu'il l'aime mieux que nous?

— *Mieux* que nous, non; il ne l'aime pas *mieux* que nous, il l'aime *plus* que nous.

X.

Minuit venait de sonner. Marguerite, tristement assise près du foyer solitaire de sa chambre à coucher, repassait avec amertume dans son esprit tous les épisodes encore palpitans de son humiliante entrevue avec Jeanne et André pendant la soirée qui venait de s'écouler.

La colère, la haine, la vengeance agitaient tumultueusement son âme; le sentiment de mépris qu'elle inspirait à ceux qu'elle considérait désormais comme ses ennemis la faisait bondir de fureur. Toute son habileté venant aboutir à leur demander merci, ses mensonges dévoilés, tout cet échafaudage de ruse et de duplicité s'écroulant en quelques minutes, oh! c'en était trop, trop à la fois! Il m'a fait grâce, pensait-elle en frémissant! il m'a fait grâce parce que je suis tombée à genoux à ses pieds! Et Jeanne était là!... et je ne suis pas morte!... et depuis deux heures que je m'épuise à chercher le moyen de leur rendre en douleur les humiliations qu'ils m'ont fait subir, les affronts qu'ils m'ont fait dévorer, je ne trouve rien.... rien!... impuissante! je suis impuissante!... Ils m'ont vaincue!... et pour toute compensation, *j'ai sa parole* que je ne serai pas déshonorée! sa parole!... voilà tout!

Puis elle retombait dans une sombre rêverie.

En ce moment un redoutable mugissement, sinistre précurseur d'une de ces terribles tempêtes de neige qui ressemblent aux dernières convulsions de la nature remplit d'un fracas formidable l'étroite vallée de la Durdan et fut suivi d'un silence plein d'attente.

Ce signal solennel, donné tout à coup au milieu de la nuit comme pour avertir l'homme de quelque danger qui approchait, remplit l'âme de Marguerite d'un superstitieux effroi.

Elle se leva troublée en prononçant ces deux mots qui, à certains momens, viennent naturellement sur les lèvres : *Mon Dieu* ! Puis, regardant à travers la fenêtre, elle vit les arbres du parc relever péniblement leurs têtes chargées de frimats, et son oreille distingua des bruits confus qui s'approchaient, bruits chargés de plaintes et de menaces, semblables aux gémissemens et aux colères des multitudes ; le ciel commençait à se déchirer en larges bandes et la lumière blafarde de la lune éclairait les horizons désolés de ses clartés indécises.

Après un instant, elle vint se rasseoir à la place qu'elle occupait et son esprit, un moment distrait, se reporta bientôt avec une sorte de frénésie sur l'objet de ses préoccupations.

— Il n'y a que ce moyen, s'écria-t-elle tout-à-coup en marchant à grands pas dans sa chambre... Il est désespéré, c'est vrai ; mais qu'importe ! je n'ai pas le choix : il faut en essayer... Il faut voir Louise avant eux.

Et elle sonna.

Mariette accourut.

— La malle de Cany à la station du chemin de fer, dit-elle à sa femme de chambre, ne s'arrête-t-elle pas pour relayer à cette pauvre auberge qui est là au bout du parc et qu'ils appellent, je crois, le *Grand Saint-Laurent* ?

— Oui, madame.

— A quelle heure arrive-t-elle habituellement ?

— Très exactement, madame, à une heure de nuit

— J'ai besoin d'être à Rouen demain de très bonne heure, et je vais profiter de cette voiture.

— Mais, madame, vous serez mal, très mal.

— Cela importe peu, la distance est courte.

— Qui accompagnera madame jusqu'à cette auberge ?

— Personne, j'irai seule.

— Mais, madame...

— Ne vous inquiétez pas, vous pouvez vous retirer ; je vous recommande seulement d'avertir Jacques de se trouver demain à la station avec ma voiture et mes deux meilleurs chevaux, à quatre heures précises de l'après-midi.

Mlle Mariette resta stupéfaite, mais n'osant répliquer, elle s'inclina et sortit.

Cependant, le calme qui avait suivi la première charge de la tempête avait été de courte durée, et au moment où Marguerite se trouva de nouveau seule, l'ouragan déchaîné fondait avec de longs éclats sur la calme vallée, et régnait en souverain dans le ciel et sur la terre.

Les nuages, découpés en formes bizarres, présentant des images d'animaux gigantesques, de caps, de montagnes, couraient rapides, aiguillonnés par la tempête, se succédant comme une décoration fantastique sans cesse renouvelée.

A travers les bois, à travers les halliers, à travers la plaine et les monts, le vent du nord passait, remplissant l'espace de ses lamentables harmonies.

La mer, qui était là tout près, troublée jusque dans les profondeurs de ses solitudes, bondissait écumante sur ses grèves de granit et sa grande voix faisait avec un incomparable majesté, au fond des mystérieux lointains, comme un immense accompagnement à ce formidable concert.

La terreur de cette nuit monta enfin au cœur de Marguerite... Un moment elle eut peur... Mais les natures comme la sienne ne subissent pas longtemps l'influence des choses extérieures, et les bruits de la passion misérable qui grondaient au fond de son âme ulcérée couvrirent bientôt ceux que les élémens en désordre faisaient retentir à ses oreilles ; sa pensée, un instant troublée, reprit la pente qu'elle suivait quelques instans auparavant, et son émotion passagère se traduisit simplement par ces mots qu'elle prononça à voix haute : Quelle nuit ! Tout conspire contre moi !... Elle regarda encore à la fenêtre et vit les arbres du parc s'agiter et se tordre dans tous les sens comme pour se défendre de quelques gigantesques étreintes.

Sous les assauts incessans de la rafale éclatant comme des coups de tonnerre, il lui semblait que le château lui-même tremblait sur sa base.

— Qu'importe après tout, pensa-t-elle, qu'importe la tempête ! La terre ne va pas manquer sous mes pas... Allons, point de faiblesse !

Elle prit alors sa résolution, se couvrit de fourrures et quitta sa chambre.

Elle gagna le parc par un escalier dérobé dont seule elle avait la clé et après en avoir soigneusement fermé la porte extérieure, elle s'engagea d'un pas ferme dans un sentier qui, après divers détours *devaient* la conduire en quelques minutes à l'auberge du *Grand-Saint-Laurent*, où elle comptait attendre la voiture qui ne pouvait tarder à passer.

La tourmente était alors dans toute sa force, soulevait la neige, la roulait sur le sol, l'enlevait dans les airs, et la dispersait en épais tourbillons.

Un nuage colossal couvrait le disque de la lune, qui en frangeait à peine les bords d'une teinte cuivrée.

Le parc était jonché d'énormes branches détachées des arbres séculaires; les goëlands, fuyant le rivage pour chercher un abri au creux des vallons, jetaient en passant leur cri mélancolique, des murmures étranges se faisaient entendre à travers les vastes clairières, des formes bizarres, menaçantes, se dessinaient vagues et confuses à l'entrée des carrefours douteux, aux angles des noirs massifs et le sentier ne finissait pas !

J'aurai pris trop à gauche, pensa Marguerite, cette auberge se trouve du côté opposé, et elle changea de direction.

Elle s'égara encore ! sa vue se troublait, les mêmes images confuses et sinistres semblaient se multiplier autour d'elle; il lui paraissait que des voix singulières chuchotaient derrière les buissons, son cœur battait avec violence, la sueur coulait sur son front, et le sentier ne finissait pas !... elle aurait dû être arrivée depuis dix minutes au moins !

Tout-à-coup un vaste espace couvert d'une neige épaisse que le froid avait durcie se présenta devant elle. Sa poitrine se dilata, car elle crut le reconnaître pour une des grandes pelouses que l'hiver avait défigurée. Là elle voyait autour d'elle, puis elle croyait toucher au but; elle reprit donc courage, se moqua intérieurement de l'effroi qu'elle venait d'éprouver et s'avança résolument en pressant le pas.

Il lui sembla bientôt voir là, tout près, à travers les branches dépouillées, le toit de la pauvre auberge. En ce moment une heure sonna à la tour de l'église; — elle marcha plus vite encore. — Un bruit de grelots qui s'approchait retentit.... C'est la voiture, pensa-t-elle, il faut se hâter, et elle marcha plus vite encore. — Tout-à-coup il se fit un sourd craquement sous ses pieds... elle s'arrêta... Le bruit des grelots devenait plus distinct... elle pensa à sa vengeance.... elle avança de nouveau.... Un nouveau craquement se fit entendre... elle s'arrêta encore et, portant ses regards autour d'elle, elle s'écria : Mon Dieu ! je suis sur la pièce d'eau !

La couche de glace était d'une épaisseur à pouvoir porter un poids énorme ; mais chaque jour, avant la nuit, depuis les grandes gelées, Mathieu, le vieux garde, faisait au beau milieu, à coups de pioche, une vaste ouverture afin que le poisson ne pérît point asphyxié.

Or, Marguerite ignorait cette circonstance, et un hasard fatal l'avait conduite au bord extrême de cet abîme.

Eperdue, elle hésitait ; avec un peu plus de sang-froid, elle se serait hâtée de retourner en arrière, en suivant l'empreinte de ses pas sur la neige ; mais elle perdit la tête, reprit la même voie qui l'avait conduite près du précipice et disparut presque aussitôt en poussant un de ces terribles cris de détresse qui n'ont pas de nom dans les langues humaines!

Personne ne l'entendit, et il se perdit dans le tumulte de l'ouragan.

XI.

Le lendemain, vers trois heures de l'après-midi, le père Mathieu se rendit à la pièce d'eau pour recommencer sa besogne quotidienne.

Il s'avança avec précaution et le froid que s'aperçut ayant diminué d'intensité, l'ouverture qu'il entretenait avec soin était toujours béante sans que la plus mince couche de glace la recouvrît; il allait se retirer, quand il crut voir une forme confuse à un demi-pied environ de profondeur; il sonda prudemment avec le manche de sa pioche, sentit une légère résistance et appuya plus fort, alors sous cette pression le corps de Marguerite vint rebondir à la surface.

Le vieux garde, ancien soldat des grandes guerres, ne se laissa point entraîner par l'émotion que lui causait cette affreuse découverte; car, au premier coup d'œil, il avait reconnu sa maîtresse. Il attira ce corps glacé sur le bord; puis, le saisissant résolument par ses vêtemens, l'enleva dans ses bras encore robustes, et, après l'avoir déposé au pied d'un arbre, il courut donner l'alarme au château et avertir le maire de la commune, maître Jérôme Parissot.

Le magistrat rural se rendit immédiatement à la pièce d'eau sur les pas de Mathieu; les domestiques du château s'y trouvaient déjà au grand complet, écoutant Mlle Mariette, qui seule, en effet, était en état de fournir des renseignemens à l'aide desquels on pouvait raisonnablement expliquer la catastrophe.

Aussitôt que maître Jérôme eut acquis la certitude qu'il y avait là seulement un malheur et non un crime à déplorer, il fit enlever le corps de Marguerite, qui fut porté dans cette même chambre qu'elle avait quittée la nuit précédente pour aller à sa vengeance, en disant: *Qu'importe la tempête! la terre ne va pas manquer sous mes pas!*

La terre avait manqué sous ses pas!... Les cendres de son foyer n'étaient pas encore refroidies, et elle était là, glacée, conservant sur son visage l'expression de suprême épouvante que la mort y avait fixée.

Quatre heures sonnaient quand on la plaça sur son lit funèbre. En ce moment, Jacques, son cocher, arrivait à la station du chemin de fer, mais il ne vit descendre du wagon que Jeanne et Louise.

Elles s'élancèrent dans la voiture qui les attendait, le cœur rempli des joies les plus pures et les plus suaves, impatientes de franchir la distance qui les séparait encore de cette chère maison où le bonheur leur avait donné rendez-vous.

—

ÉPILOGUE.

Une année et demie s'était écoulée depuis la fin tragique de Marguerite.

C'était un 15 de mai; les pommiers étaient en fleurs, la jolie vallée de la Durdan était sereine, verdoyante et parfumée.

Vers les dix heures du matin, un jeune homme et une jeune femme descendaient d'un charmant petit coupé à la porte de la maison de Maurice.

Aussitôt ce dernier, ainsi qu'André et Jeanne, s'étaient précipités à la portière, en s'écriant tous trois ensemble: Voilà nos enfans! voilà nos enfans!

C'étaient Louise et Lucien, mariés depuis deux mois.

Louise avait toujours eu la possession d'état de fille légitime de Maurice et de Jeanne: André suggéra l'idée de la marier en se servant de l'acte de naissance de l'autre Louise, celle que Jeanne avait tant pleurée et qui était née le même jour que sa fille adoptive.

— Voilà le moyen que je tenais en réserve, chère madame, avait-il dit à Jeanne. Ainsi elle ne portera jamais mon nom!

— Pauvre ami!

— Qu'importe! n'en parlons plus... c'est un dernier sacrifice!... il me coûte un peu, pourquoi ne pas l'avouer... Mais je m'en console, en songeant que ma chère enfant n'aura jamais à rougir de sa naissance.

Marguerite était oubliée de tous depuis longtemps, excepté de Louise et de Jeanne.

Elles avaient pleuré sur elle, elles priaient pour elle.

L'oncle Plumart était mort quelque temps après avoir conçu son fameux projet de faire le bonheur de son neveu *malgré lui* en le mariant à la fille du banquier Engoulement.

Jacques-Mathurin Plumart avait été fidèle à sa passion jusqu'à la fin.

— Fais bien attention, avait-il dit à Lucien en mourant, que je te laisse plus de trois cent mille francs, et que c'est un devoir pour toi d'*en avoir bien soin*, par respect pour ma mémoire.

Prends garde aux *morts-intérêts*, cette peste du capital, mais ne te lance pas cependant dans des placemens inconsidérés, car mieux vaut perdre la manche que le bras.

Si tu deviens économe en vieillissant, comme je l'espère, ne te laisse point troubler par l'épithète d'avare que les imbéciles te donneront.

Prends bien garde, toutefois, de tomber dans l'extravagance de ces niais qui ne peuvent voir sans douleur l'argent sortir de leur caisse pour produire, lui font les doux yeux comme à une maîtresse et préfèrent le garder improductif, l'enterrer dans quelque coin plutôt que de s'en séparer. Voilà les *véritables avares*, ceux dont Molière s'est moqué, et il avait raison, et que les gens inattentifs ou malveillans confondent avec les *économes* qui amassent toujours sans dépenser jamais que malgré eux et quand ils ne peuvent faire autrement; Molière ne s'est point attaqué à ceux-là et il a bien fait, il eût fait encore mieux s'il les avait imités.

Tout ce que je possède est placé en première hypothèque sur les immeubles patrimoniaux qui valent dix fois les sommes que j'ai prêtées.

Je te recommande l'*immeuble patrimonial*, la propriété n'en est jamais douteuse.

Tu trouveras les grosses exécutoires et les bordereaux d'inscription dans mon secrétaire.

Je t'engage à ne pas chercher d'autre notaire que le mien; il a payé son étude, il ne donne jamais à dîner, il vit bourgeoisement, ne se fait point habiller à Paris, ne se crée point de besoins factices: c'est un homme sûr.

— Puisque tu aimes cette petite demoiselle Louise et que tu veux à toute force t'empêtrer du mariage, je n'ai plus rien à te dire; j'aurais préféré la fille d'Engoulement, mais n'en parlons plus, seulement reste toujours bien avec ton beau-père et ta belle-mère. Ne gâte point ta femme dans les premiers jours, car il paraît que tout dépend des premiers jours... Ne badine pas pour la dot.... Ne cède pas un pouce sur ce chapitre... Fais bien mes complimens à M. Maurice; je l'estime, cet homme-là... il a connu le prix de l'argent, cela ne s'oublie jamais, c'est la grande science... Je t'engage à bien t'en pénétrer.

N'oublie pas ce que je t'ai dit du moyen pour une médecin de faire payer aux riches les visites qu'il fait aux pauvres; calcule et note bien, en mémoire de ton oncle, ce que cette méthode t'aura rapporté dans cinq ou six ans d'ici, et tu me rendras alors la justice due à un homme dont les conseils valaient leur pesant d'or et qui te les a toujours donnés par pure amitié, comme un bon oncle à son neveu.

Mon intention est que tu fasses quatre cents francs de rente à la Françoise tant qu'elle vivra si tu ne la gardes pas; mais je te conseille de ne pas t'en défaire; il y aura plus d'économie pour toi de cette façon; d'ailleurs, c'est une bonne bête; elle t'a élevé et se ferait assommer pour toi.

Dix minutes avant de mourir, Plumart, qui n'avait pas ouvert la bouche depuis une heure, ayant fait signe à Lucien de s'approcher, lui avait dit d'une voix éteinte :

— Le menuisier Eloi me doit douze francs depuis au moins deux mois; qu'il fasse le cercueil et je le tiens quitte.

Ce furent là les dernières paroles et la dernière préoccupation du cher oncle.

Il avait tenu lieu à Lucien du père et de la mère qu'il avait perdus encore enfant; il le pleura sincèrement, et sa mort fit d'abord dans la vie du jeune homme un vide plus grand qu'il ne l'aurait pensé avant l'événement.

La mort nous révèle toujours quelque chose de la vie que nous n'avions pas soupçonné.

Eugène Mériel n'a pas cessé d'être sceptique en matière d'amour, et persiste à soutenir que le hasard est le grand maître des choses humaines.

A la moindre objection de Lucien, il ne manque jamais de répondre :

— Conviens cependant que si ce fameux jour de la Saint-Mellon nous n'avions pas rencontré le char à bancs de M. Scot, tu serais probablement encore garçon Il est, au surplus, très lié avec André, qui s'est fait construire un chalet à Héricourt, et ne veut plus quitter la Normandie, même pour quelques mois, prétendant que l'homme a moins soif de gloire que de bonheur.

Les jeunes époux habitent Cany, et Lucien, qui est le médecin de tous les pauvres, se garde bien de mettre en pratique la méthode que lui avait recommandée son oncle, de faire payer aux riches les soins qu'il donne à ces déshérités de la fortune.

L'orchestre, particulièrement le père Tâcheux et le Gascon, se trouvent à merveille de la *protection* que leur accorde l'oncle de Mme Coursel (car pour tout le monde André est décidément passé à l'état d'oncle), et pensent quoiqu'ils n'en disent rien, qu'à lui seul il vaut mieux pour la *Société* que toutes les fêtes patronales du pays.

A. LABUTTE.

FIN.

Paris. — Imprimerie spéciale et en commun pour les Journaux de Dubuisson et Cᵉ, rue Coq Héron, 5.

www.ingramcontent.com/pod-product-compliance
Ingram Content Group UK Ltd.
Pitfield, Milton Keynes, MK11 3LW, UK
UKHW022142190726
13855UKWH00003B/1296